KB020043

선우명수필선 ④

# 치자꽃

—

## 조경희 수필선

선우미디어

# 책머리에

금년은 봄을 느끼기도 전에 여름이 닥쳐 왔다. 개나리 진달래가 피는가 했는데 어느새 지고 녹색 나뭇잎이 피어 오르고 있다. 겨울옷을 봄옷으로 채 갈아입지도 못하고 그냥 다녔다.

여름옷을 찾느라 농 속을 뒤흔들어 놓았다. 50년대 입던 홍콩 양단치마저고리가 나왔다. 몇 년 동안 돌아다보지도 않던 옷들이다. 감도 좋고 옷모양이 고풍스러운 것이 동정만 갈아 달면 입을만한 옷이었다.

이제 선집을 펴낸다고 해서 거의 내게서 떠난 글들을 다시 읽어볼 기회를 갖게 되었다.

마치 옛날 옷을 입어보는 느낌이다. 동정이 넓고 저고리기장이 좀 길지만 요즘의 옷모양과 거의 비슷해서 낯설지가 않다. 새옷을 입은 것처럼 기쁘기까지 하다.

책을 만들어 준다니까 첫 출판을 할 때처럼 기쁘기까지 하다. 〈양산〉이라는 글이 있다. 지금은 쓸 수 없는 제목이다. 그러나 나는 양산을 무기같이 들고 다니며 열심히 살아온 모습을 엿볼 수 있었다. 내 첫 출판 기념회 때 방명록에 쓴 글 생각이 난다. 詩人 朴寅煥씨가 "나는 그대의 양산이 되고 그대의 우산이 된다"라는 글을 쓰고 우산까지 그려 주었다.

　지금은 방명록에 이름만 쓰고 글은 쓰지 않는다. 그 시대에는 참석한 분들이 한마디씩 글을 쓰셨다. 그 글들이 모두 名句였다.

　책을 내느라 수고한 선우미디어 이선우씨에게 감사를 한다.

　이 책은 그 동안 신세진 분과 가까운 친구 후배에게 조그만 보답으로 바친다.

99년　6월<br>무교동 사무실에서

조경희 수필선

# 치자꽃

차례

■ 머리말

# 1. 진달래

# 2. 고독의 계절

## *3.* 양지와 그늘

*1.*

진달래

# 진달래

나보다 으레 늦게, 통행금지 시간 임박해서 들어오는
H가 무슨 생각이 들었던지 진달래를 한아름 안고 들어
왔다. 늘 꽃타령을 하던 나였지만 진달래꽃을 힐끗 쳐
다보고는 졸려서 눈을 감아 버렸다. 임종(臨終)하는 자
리에 보고 싶은 사람이 와도 깨어나지 못하는 사람처럼
그렇게 성화를 하던 진달래꽃을 보고도 잠을 깨지 못하
였다.

잠은 들었으나 밤새 진달래 꿈을 꾸었다. 진달래가
밤하늘에 총총한 별처럼 만발하게 피어 있는 꿈이었다.
밤새도록 진달래 꽃잎에 파묻혀서 놀던 꿈이었다.

아침에 눈을 뜨자 마자 H가 한아름 안고 들어온 진
달래를 생각하고 그 꽃을 가져오라 하였다. 아이가 진
달래가 담긴 양동이째 들고 들어왔다. 진달래는 양동이
그 큰 그릇에 가득 차 있었다. 나는 진달래를 산에 가
서 꺾어도 보고, 가게에서 사 보기도 했지만 양동이에
손가락 하나 안들어갈만큼 큰 다발을 받아본 적이 없었
다. 진달래는 내 방에 가득하였다. 방이 갑자기 환하게
밝아졌다.

진달래를 한송이라고 부르면 어울리지가 않는다. 한 가지라고 하는 것이 좋을 것 같다. 진달래 한 가지는 애처롭고 볼품도 없다. 그저 산이나 동산에 무성한 나무들처럼 만발해야 아름다움을 더하는 꽃이다. 진달래를 볼 때는 꼭 화장기 없는 소녀들의 떼가 몰려올 때 느낄 수 있는 순진하고 싱싱한 맛을 느끼게 한다. 아예 한 떨기의 꽃으로 행세하는 꽃은 아니다. 한송이보다도 무더기에 꽃맛이 더하다.

얼마 전에 독감에 몸살이 더쳐서 사흘인가 자리에 누워 있었다. 그때 나는 H보고 들어오다가 꽃 한송이만 사 가지고 오기를 간청하였다. H는 붉은 카네이션 두 송이와 아스파라거스 두 가지를 사 가지고 들어왔다. 병도 꽃을 보고 물러났는지 나는 곧 기운을 차리고 일어났다.

이렇게 꽃 한송이를 사가지고 오라고 해야만 사 들고 들어오는 답답한 사람이 진달래를 한 묶음도 아닌 한아름 안고 들어왔다는 것으로 열 가지를 잘못한 사람인데도 진달래 바람에 사람도 좋아 보였다. 나는 빈 병마다 물을 담고 진달래를 꽂기 시작하였다. 책상머리나 그밖의 빈자리에도 놓았다.

꽂다가 남은 것을 한아름 안고 신문사에 나가서 한서너 방에 나누어 꽂아 놓았다. 가장 화려한 듯한 곳이면서 가장 무미건조한 신문사 안에 꽃은 화젯거리였다. 진달래 바람에 나까지 덩달아 화제에 올라서 꽃잔치 웃음잔치가 번져 갔다.

이래서 나는 한동안 집에 있으나 신문사에 나오나 진달래와 지내게 되었다. 진달래가 꽃병에 꽂혀 있는 동안은 마음이 안정된다. 꽃병에 꽃이 떨어지고 병 주둥이가 입만 딱 벌리고 있는 모양이란 보기에도 흉하고 마음까지 허전해져서 견딜 수가 없어진다. 늘 옆에 있어야 할 사람이 없어진 것처럼 마음이 허전해진다.

나는 사랑하는 사람들에 대해서도 큰 기대를 갖지 않는다. 꽃병에 꽃이 꽂혀 있는 것처럼 존재하기를 바라고 있다. 내 마음의 안식이 있기를 바라서일 게다.

꽃은 아름답고 희망을 준다. 나는 끝내 희망을 놓치기 싫다. 희망을 갖는다는 것은 절망 속에서 산다는 것보다 얼마나 쉬운 일인지 모르기 때문이다. 희망 속에서는 10년을 살 수 있어도 절망 속에서는 하루도 살기 힘들다.

봄이 되면 나는 행복감을 느낀다. 아무 이유 없이 즐겁다. 어렸을 때도 나는 봄이 되면 좋기만 했다. 할머니에게 꾸중을 들으면서도 밭으로 산으로 뛰어다녔다. 산과 산에 꽃이라곤 할아버지 수염같이 묵은 잔디밭에 할미꽃과 진달래뿐이었다.

멀리서 바라보는 봄의 산은 꽃구름이 뭉쳐 있는 듯도 하고 영랑(永郞)의 시구(詩句)처럼 산허리에 어린 보랏빛 안개마다 꽃연기가 서려 있었다. 태양이 동쪽에서 떠올라 오듯 꽃불이 타는 듯 진달래가 피어 있었다. 산빛은 아침과 낮, 저녁으로 달라져 갔다.

진달래가 만발한 산아래 마을에서 나는 컸다. 쳐다볼

것이란 산밖에 없는 마을에서 꽃 없는 겨울산은 지루하기만 했다. 어서 봄이 오고 진달래가 피기를 기다리게 되었다. 우리 나라의 동산에는 다른 나라와는 아주 다르게 소나무가 많고 진달래가 흔하다.

진달래는 나무보다도 뿌리가 크다. 뿌리는 문어발처럼 땅을 움켜쥐고 힘차게 뻗어 있다. 뿌리가 세고 깊어서 쉽게 캐낼 수 없는 나무다. 장미뿌리로 만든 남자들의 파이프가 좋다는 것처럼 진달래 나무 뿌리도 무엇인가 특산물을 만들 수 있지 않을까 생각된다.

애들 때는 진달래 꽃잎을 곧잘 따먹는다. 달착지근해서 꽃떡을 부치는 데 무늬용으로도 쓴다. 진달래는 그만큼 친근감을 주는 꽃이다.

꽃 냄새는 풀 냄새같이 향긋하다. 그것도 산에서 갓 꺾어온 진달래에서는 향긋한 냄새와 야들야들한 꽃잎의 윤기를 볼 수 있지만 가게에서 사 온 진달래에서는 아무 것도 느낄 수 없다. 나뭇가지에 매달아 놓은 종이꽃 그것이다. 냄새도, 색깔도, 빛도 없다. 겨울부터 산에서 베어다가 구공탄 불에 억지로 피게 한 꽃이라니 가엾기도 하다. 희뿌연 종이로 만든 꽃봉오리는 억지로 지게 하는 인생들처럼 생명을 느낄 수가 없다. 그래서 나는 간혹 꽃집에 들렀다가 새끼줄에 묶여 있는 진달래 뭉치를 보고 환멸을 느끼곤 하였다. 헤어진 옛날 애인을 만났을 때 느껴지는 거리감 같은 것이 그러리라. 내가 어렸을 때 본 연분홍빛 진달래는 아니었다.

꽃잎이 고깔처럼 달려 있고 고깔이 아물어지고 시들

면 꽃술만이 늘어지는 진달래는 아니었다. 진달래는 꽃이 떨어진 뒤에 파란 잎사귀가 터져 나온다. 다른 꽃나무들은 격을 차린다는 듯이 잎사귀가 돋고 꽃망울이 지지만 진달래는 꽃망울이 먼저 생긴다. 그래서 꽃이 진 뒤에는 잎이 한창이다. 잎이 무성해져 꽃 못지 않게 푸른빛을 즐길 수 있다.

내가 진달래를 좋아하는 이유는 한두 가지가 아니다. 봄이면 찬바람에 제일 먼저 앞장서서 핀다. 어느 누가 심지도 가꾸지도 않지만 제풀에 자라서 봄이면 산이 불타듯 피는 소박(素朴)하고, 정열이 돌고, 용기가 있는 애처로운 꽃, 이 진달래꽃이 없는 금수강산은 생각하기 어려울 것 같다.

「아리랑」이 국가(國歌)가 아니더라도 누구든지 즐겨 부르는 노래인 것처럼 진달래는 한국을 상징하고도 남는 꽃이다.

(1980.)

# 나상(裸像)

내가 좋아하는 것 중의 하나가 목욕이다.

"누구 목욕 갑시다" 하고 권하기만 하면 서슴지 않고 따라 나서게 된다. 집안에 목욕탕 설비가 없는 나는 늘 공중목욕탕을 이용하고 있다.

나는 여성이지만 여성의 나상(裸像)에 취미가 있어서 물끄러미 다른 사람의 몸매를 바라보다가 때로는 목욕 시간이 길어지는 수가 있다.

옷을 벗는 여자, 탕 속으로 종종걸음으로 들어가는 이, 타월로 때를 미는 사람들, 등을 밀어주는 여자, 탕 속에서 목만 내놓고 눈을 깜박깜박 떴다 감았다 하면서 무엇인가 생각하는 여자, 가지각색의 나상을 볼 수 있다.

만일에 내가 화가라면 스케치북에다 나상의 여러 포즈를 묘사해 보고픈 심정이다.

이들의 피부색도 가지가지, 흰색, 가무잡잡한 색, 노리끼리한 색, 분홍색 등….

모두들 목욕하는 방법과 몸의 생김새가 다를 뿐만 아니라 그 다른 나상이 저마다 다른 사연들을 지니고 있을 생각을 해 보면 더욱 흥미롭다.

주름진 뱃가죽은 아이를 많이 낳아 기른 고단한 어머니의 생애가 엿보이고, 꽃봉오리가 가슴에만 살짝 피어 오른 것같은 부풀은 유방은 순처녀(純處女)의 향기를 풍기고 있어 꽃필 날을 기다리는 듯하다. 가슴, 허리, 히프, 다리가 매끈한 조화를 이루어 비너스상 앞에서도 부끄럽지 않을 균형잡힌 몸매가 있는가 하면 곧은 데가 구부러지고 들어갈 데가 나와 군살이 붙어있는 모습은 본인 자신이나 보는 사람이나 모두 유쾌하지 못하다.

아름다운 육체미를 하고 있다는 것은 더없는 다행이겠고, 그렇지 못한 균형 잃은 몸으로 태어난 사람은 누구에게 항의하거나 호소할 수도 없는 억울한 일의 하나이다.

그러나 아름다움을 위해선 오랜 노력과 평소의 관심도 꽤 중요하지 않을까 생각된다.

늙었어도 젊음을 잃지 않고 젊은 세대에게 공감을 갖게 하는 것은 건전한 사고 방식의 소유자만이 누릴 수 있는 것, 여성의 아름다움은 하늘에서 뚝 떨어진 것이 아니라 일련의 유기적인 관련성 속에서 생겨난다. 누군가는 여인의 가장 아름다운 순간을 목욕탕에서 갓 나와 거울 앞에 앉은 모습이라 했다.

내가 목욕을 좋아하는 이유는 피곤을 가셔 주고 몸을 날을 듯이 가볍게 해주는 상쾌한 기분 이외에 나상(裸像)에 엉켜진 인생을 느껴 보는 얄궂은 취미 때문인지 모른다.

만일 나의 주택 사정이 좋아져서 집안에 목욕탕이라
도 생기게 된다면 편리해서 좋기는 하겠지만 공중목욕
탕에서처럼 여인들의 나상을 엔조이할 기회를 잃게 될
것이라는 부질없는 걱정도 해본다.

(1977.)

# 재떨이

재떨이, 말만 들어도 따분한 그릇이다. 아무리 맡은 바 일의 책임이 중하다 하지만 일평생을 남의 집의 설거지를 해주다 죽은 경우가 연상된다.

늘 담뱃재를 떨리우는 지저분한 그릇, 처음부터 담뱃재를 떨기 위해서 만들어진, 재떨이가 아니더라도 찻종접시나 그밖에 보통 접시를 대용으로 쓰는 일도 있다.

담배를 피우지 않는 사람이 재떨이하고 무슨 관련이 있겠는가 하겠지만 담배는 피우지 않더라도 아침 저녁 재떨이를 찾아야 하고 건사를 해야 하기 때문이다.

재떨이에 담뱃재와 꽁초가 뒤섞여서 수북이 쌓여 있으면 꽁초는 꽁초대로 갈라놓고 재떨이를 씻어낸다. 담배가 없어서 쩔쩔매는 사람이 있는 경우에 꽁초라도 잡수시지 하고 내놓을 수 있고 꽁초를 모았다가 급할 때 껍질을 까서 파이프에 담아서 피울 수도 있기 때문이다.

담배꽁초가 재떨이에 수북수북 담긴 것을 보면 혈관이 막힌 것처럼 답답하고 재떨이가 깨끗하게 씻겨진 것을 보면 기분도 상쾌하다.

담배꽁초가 재떨이에 수북수북 쌓이는 것은 사색의 시간이 흘렀다는 흔적이요, 한편 정력적인 토론이 지나간 뒷자리도 된다.

아무도 없는 빈 방에 담배꽁초만 수북이 담긴 재떨이가 있는 것을 볼 때, 그 방 속의 주인공이 얽히고 설킨 복잡한 문제를 풀기 위하여 오랜 시간 고민한 모습을 연상할 수 있다.

어느 날 일찍 다방에 들르는 때가 있다. 실내 청소가 깨끗이 되어 있는데다가 담배 재떨이도 깔끔하게 청소되어 있다. 아는 사람이 있으면 함께 앉는 수도 있지만 낯선 사람들만 있을 때는 혼자 자리를 잡고 차를 시키는 일도 있다.

나는 재떨이가 깨끗한 것으로 보아, 오늘은 내가 처음 손님이거니 임의로 생각한다. 그런데 깨끗한 재떨이 바닥에 못생긴 담배꽁초가 하나 찌그러진 채 붙어 있는 수도 있다. 나는 그때서야, 누가 혼자 앉아서 누군가를 초조하게 기다리다가 나가 버렸구나, 생각하는 것이다. 그는 담배 한 대를 다 피우도록 나타나지 않기 때문에 마지막 한 모금을 신경질적으로 빨고 나갔으리라고 생각한다.

또 어떤 때 다방의 재떨이를 유심히 들여다보면 꽁초도 가지각색이다. 어떤 놈은 비스듬히 재 속에 파묻혀 드러누워 있는가 하면 어떤 놈은 노랗게 담뱃진이 바깥까지 배어 나와서 때에 절은 옷을 입은 것처럼 지지궁상을 하고 있기도 하다. 또 어떤 놈은 절반도 타지 않은 길쭉한 모습인데 키큰 사나이처럼 싱거워 보인다. 또 어떤 놈은 침이 흠뻑 묻어서 지저분한가 하면, 어떤 놈은 입술 연지의 피해를 잔뜩 입고 피곤해 보이는 것도 있다. 어떤 놈은 게으르게 비스듬히 드러누워 있는가 하면, 어떤 놈은 오뚝오뚝 일어나 앉은 것처럼 신경질으로 꽂힌 것도 있다.

걸음걸이나 몸가짐으로 그 사람의 성격을 알아맞힐 수 있듯이 재떨이의 꽁초를 보고도 담배를 피우던 사람들의 성미를 가히 짐작할 수 있을 것 같다.

재떨이의 꽁초의 모습이 가지각색이듯이 꽁초 대가리의 기호도 가지각색이다.

외국 묘지 깃발처럼 각각 자기 나라의 상표를 자랑하고 있다. 럭키스트라익, 필립모리스, 캬멜, 쿨 하면 미국을 대표하는 모양이다. 네이비, 컷 등의 시가렛은 영국을, 그밖에 알송달송한 외국 담배의 꽁초 속에서 '백구'와 '건설'이 어깨를 나란히 하고 있다.

한때는 '하도'니 '미도리'라는 등의 담배가 맥을 쓰던 때도 있었다.

이것을 보면 보잘 것 없는 재떨이를 중심으로 벌어지던 사건들, 개인사나 국세, 경제적인 힘까지 단순하지 않은 일들을 짐작해 보게 된다. 우리네 조상들이 긴 장죽을 빨면서 재떨이를 두드리던 위엄과 체통의 소리도 연상해 보고.

재떨이 바닥에 소리 없이 담뱃재가 떨어져서 쌓이고 쌓이는 모습은 소리를 내고 시간을 재촉하는 시계의 가는 길과 다름없는 음향이요. 색깔이요. 모습이다.

이렇듯 재떨이 둘레에서 벌어졌던 인간과 생활을 엿볼 수 있고 인간의 역사를 더듬을 수도 있다.

(1955.)

# 음치(音痴)의 자장가

나처럼 노래부르기를 좋아하면서 노래를 부를 줄 모르는 사람도 없을 것이다. 그러나 나는 노래 부르기를 단념하지 않고 노래를 배우려고 애를 쓴다.

내가 노래 부르기에 관심을 기울이는 이유는 사교적인 모임이 있을 때마다 당하게 되는 그 목침 돌림이 얼마나 진땀을 빼게 하였는지 당해보지 못한 사람은 알 수 없기 때문이다.

학창시절의 친구라든가, 여러 자리에서 내 노래 실력이 어느 정도라는 것을 경험한 사람은 사정을 보아주는 일이 많지만, 내 이름이나 아는 정도의 사람이 사회를 맡아 볼 때는 으레 내가 노래 몇 가락쯤은 능히 뽑을 줄 알고 지명을 한다.

노래를 할 차례가 되면 늘 꽁무니를 빼고 슬그머니 일어나서 도망을 잘 쳐서 어려운 자리를 피해도 왔지만, 노는 자리에서 즐거운 노래를 한다는 그 좋은 풍습이 오히려 나에게는 질색이었다.

모처럼 구미에 당겨 맛있게 먹던 음식맛이 뚝 떨어지고, 그래서 마음놓고 먹을 것도 못 먹는 심정이 되고 보니 노래하는 시간은 차라리 고문을 당하는 마당처럼 괴롭기까지 하다.

이런 때 노래만 아니라면 무슨 짓이든지 할 것 같다. 일어서서 절을 하라면 큰절을 할 것이고 대접으로 술을 퍼먹으라면 그 짓이 오히려 나을 것 같다. 그러나 노래만은 영 질색인 것이다.

그런데 요즘 와서는 노래를 할 줄 모르는 것 뿐만 아니라 들을 줄도 모르게 되어가고 있는 것 같다. 「강남달」이라든지, 「황성옛터」와 같은 노래들은 제법 입내 정도는 내겠지만 근래에 새로 유행하는 노래는 그 노래가 그 노래, 비슷하게만 여겨져서 점점 노래와는 거리가 멀어져 왔다.

나중에는, 세상 사람은 모두 노래를 잘 부를 줄 아는데 나만 혼자 아무것도 못 부르는 사람이구나 하는 불안한 마음까지 작용하게 되었다. 그래 이래서는 정말 안되겠군 하고 쉬운 곡부터 큰 결심으로 배우기 시작했다.

그 첫 곡이 "눈을 감고 걸어도 눈을 뜨고 걸어도"라는 구절로 시작하는 블루스곡이었다. 그런데 이 노래를 배운 후에 당장 효과를 본 것은, 재작년의 망년회 석상에서였다. 마른 오징어를 찢어서 질겅질겅 씹으면서 찬 청주를 놓고 그야말로 냉주 파티에서 거나하게 취한 김에 눈을 슬며시 감고 무드를 조성한 다음, 마음을 가다듬고 불러 보았더니 모두 박수를 치며 유쾌하다는 표정이었다.

이렇게 노래를 한번 끝까지 부르고 남에게 인정을 받았다는 사실은 적어도 나에게는 상당한 힘이 되었으며, 이 새로운 경험은 또다시 새로운 모험을 갖게 하였다. 「진주 조개잡이」, 「부베의 여인」, 「사랑의 송가」 이런 순서로 노래를 귀에 익히기 시작하였다.

어느 날인가 '二二日會'가 끝난 날이었다. 본시 노래를 잘 부르는 정희(貞熙)형과 소희(素熙), 숙희(淑禧), 남조(南祚) 세 여사와 차를 나누는 자리에서 나는 「진주 조개잡이」라는 노래를 부를 줄 아느냐고 묻는 말에서 시작, 나는 부를 줄 안다고 자랑을 했다. 드디어 다방이라는, 사람이 많이 앉아있는 장소를 생각할 겨를도 없이 노래를 조용조용 부르기 시작했다.

그랬더니 노래가 제법이라는 인정을 받았다. 그래 나는 나의 있는 힘을 다해 선창까지 하게 되고 나중에는 머리를 맞대고 불러대기까지 했다. 정말 사태는 심각해진 셈이다.

나는 노래를 가르칠 실력은 도저히 갖지 못한 것을 잘 안다. 그런데도 레코드를 파는 집까지 몰려가서 몇 차례씩 들으면서 합창까지 하였다. 「사운드 오브 뮤직」의 한 장면을 연상하고도 남음이 있었다. 끝내는 레코드를 사들고 마음이 흐뭇해서 거리로 나왔다.

나는 과거에 유행가를 부르면 수치스럽게 생각되던 때가 있었다. 유행가를 듣는 것조차도 교양이 없는 일, 이렇게 생각하였다. 이런 내 관념은 나와 노래가 점점 멀어지게 만들었다.

모든 사람들이 「동백 아가씨」를 소리소리 외치는데 혼자만 못 부르고 앉아 있노라면 어딘가 이 시대에 살고 있으면서 이 시대를 모르는 구석이 있는 것 같고 세상이 점점 내게서 멀어져 가는 기분이 들었다.

내가 노래를 잘 부르는 시간은 밤늦게 걸어서 집으로 돌아가는 때이다. 아무도 들어주지 않고, 내가 들어도 무슨 곡조인지 분명치 않은 멜로디를 되풀이하는 식의 노래다. 그러나 뮤지컬이라고나 할까, 입 속에서 흘러나오는 가사(歌詞)가 들을 만하다.

무대는 외등 하나 달려 있지 않은 캄캄한 거리, 발짐작으로 찾아가는 낯익은 길, 들어주는 상대도 없이 외는 독백의 시간, 이 때가 내가 가질 수 있는 가장 즐거운 시간이기도 하다. 그런데 가사는 창(唱)으로 변하고 창은 드디어 흐느낌으로 변하는 것은 웬일일까. 정말 가식도 구김새도 없는 내 원시(原始)의 모습을 보는 순간이다.

가슴이 아파도 괴로워도 노여움이 가슴속을 치밀어 올라와도 심해(深海)의 물줄기가 흘러 간 해면처럼 모든 것을 꿀꺽 참고 살아온 나의 표정이 무너져 나가는 순간이 있다면, 아무도 보지 않는 밤길을 콧노래를 부르며 걸어가고 있는 이런 시간이다.

집에 돌아오면 나의 넋두리는 뚝 그치게 되고, 목소리를 가다듬어 자장가를 불러야 하는 시간이다.

세상에서 신기한 것은 내 자장가를 듣고도 아기는 조용히 잠이 든다는 사실이다. 뿐만 아니라 내가 노래를 곁들이지 않고 손바닥만 토닥거려 주면 노래를 불러 달라고 칭얼거리는 사실이다.

수백 년 전 사랑하는 아기에게 잠을 청해주기 위해서 부른 노래인데 오늘날도 아기는 그 노래를 듣고 고요히 잠이 들어가는 것이다. 슈베르트와 브람스에겐 그래서 자연히 머리가 숙여진다.

나는 자장가도 무대에서나 부르는 노래로만 알았다. 자장가를 부르면 아기가 잠이 드는, 그런 아기를 위한 수면제와 같은 효과가 나는 노래인 줄은 미처 몰랐다. 노래를 들으면 아기가 잠을 자고, 나는 노래를 부르면 한결 속이 시원해진다.

나같은 음치(音痴)에 가까운 사람들을 위해서도 노래를 부를 수 있게 지도해 주는 모임이라도 있었으면 싶다.

(1971.)

# 아틀리에에서

함께 모여서 쑥스럽지 않고 어울리게 자리가 꾸며지기도 쉬운 일은 아니다.

하루는 오래간만에 번거로운 사무에서 헤어난 느낌으로 명동 거리를 거닐고 있었다.

P화백은 만날 때마다 한 번 자기 집에 모여서 놀아 보자는 것이 인사였다. 그러나 늘 그것은 인사에 그쳤을 뿐 성사를 이루지 못하였다. 나는 나대로 바삐 돌아가는 바람에 P화백의 말을 쉽게 따를 마음의 여유가 없었던 것이다. 그러나 마음속에는 항상 모든 것을 잊어버릴 수 있는 마음의 공백이 그립듯이 P화백의 말을 따라 가고 싶기도 하였다.

다방 안에서 나와 함께 앉았던 C여사의 얼굴을 바라보았을 때 그녀의 눈은 내가 승낙을 한다면, 그리고 내일 곧 약속을 이행할 수 있다면 참석할 의향이 담겨 있었다. 나는 C여사의 눈을 보고 P화백에게 대답쯤이야 어려울 것 없다는 듯이 "좋은 일입니다" 하고 찬성하였다.

이렇게 우연하게 서로 따지고 굳은 약속을 하지 않

았는데도 불구하고 A는 B에게. B는 A에게 피차 당신이 간다면 나도 가겠다는 투로 언약이 되고 말았다. 그 이튿날, 우리는 전날 힘들이지 않고 약속하듯 정한 장소와 정한 시각에 신사 숙녀다웁게 자연스럽게 모여들었다.

몇 사람의 친구는 택시를 잡아타고 P화백의 저택이 있는 남쪽을 향해 달리고 있었다.

P화백의 집은 손님을 오라고 청할 만큼 넓고 아담한 저택이었다. 집보다도 집 한편을 차지하고 있는 아틀리에가 일품이었다. 우리 몇 사람의 친구는 입을 딱 벌리고 경탄하였다. 그것은 전쟁의 참화를 모르는 고장에나 있을만한 것들, 그것도 오랜 역사와 전통이 흐르는 고전과 산 미술품들을 대할 때처럼 격찬하였다.

아틀리에 한편에는 장작불이 난로 속에서 이글이글 타고 있었고 사면 벽에는 미완성의 화폭이 유화의 독특한 냄새를 풍기고 있었다. 그리고 P화백의 그림에서 가끔 볼 수 있는 골동품이라든지 인형의 면이 군데군데 어울리게 붙어 있었다.

의자들까지라도 상당히 오랫동안 주인 손에 길든 윤나는 것들이었다. 다만 유감이라면 피아노 한 대가 놓이지 않은 것이었다. 쇼팽의 피아노 한 곡이 흘러나옴 직한 분위기였다. 우리 일행은 비로소 오랜 전쟁을 잊어버린 듯 손뼉을 치고 즐거워하였다. 무대의 배경이 좋아야 그리고, 아름다운 산수 속에서 마음 따라 좋아지듯, P화백의 아틀리에가 마음에 들어서였는지 좌흥

(座興)마저 세련된 분위기 속에서 웃고 노래하는 즐거움뿐이었다. 술은 약간 혈액 순환이 좋을 정도로 좌흥을 가미시켰고, 노래와 웃음이 천하지 않게 장단을 맞추고 있었다.

한 가지 우리가 그렇게 염치를 모르는 손님이 아닐 터인데 통행금지 시간이 닥쳐오는데도 아무도 초조하게 여기지 않고 자리를 일어서려 들지 않았다. 다만 소설가 K씨만이 신혼의 남편처럼 그 자리를 용퇴(勇退)하였다.

웃음과 이야기에 지친 일행 중 여자 부대는 P화백의 부인과 함께 눕게 되었다. 자리에 누워서부터 화제는 새롭게 바뀌었다.

우리 여자들은 부인을 향해서 얼마나 행복하냐는 인사였다. 다만 나는 P화백이 남긴 몇 가지의 로맨스가 부인을 상심시키지나 않았나 하는 것이 염려스러웠고, 또 그 로맨스의 이야기로 말미암아 부인의 심경을 괴롭게 할까 염려되기는 했지만, 그래도 P화백 내외분에 대한 호기심이 없지 않았기에 내친김에 "속이 상할 때도 있겠지요?" 하고 여쭤보았던 것이다.

나는 남자들이 예술을 위한다고 자기 아내의 속을 상하게 하는 예를 많이 보았다. P화백의 부인도 이런 점에 속이 많이 상한 부인이었다. 그의 피부에는 남편의 애정에 대하여 안심하지 못하는 불안이 드러나 보이기도 하였다. P부인은 이러한 말까지도 하였다.

남편은 작품 제작상 여인 모델을 쓴다고 한다. 여인

모델은 때로 나상(裸像)인 경우도 있다 한다. 나상을 그리는 경우에 부인은 부인 손으로 모델의 의복을 벗겨서 아틀리에로 들여보내기는 하지만 그후 부인은 바느질을 하나, 빨래를 하나, 손이 와들와들 떨려서 견딜 수 없는 심정에 사로잡히게 된다는 고민을 이야기하는 것이었다.

부인은 아틀리에에 들어가서 모델을 지킬 수 있는 권리를 행사할 수도 있지만, 부인의 인격을 위하는 자제력이 용서치 않는다 하면서 한숨을 쉬기까지 하였다. 나는 P화백을 길가에서 종종 만날 때마다, 또 나뿐 아니라 다른 여성에게 대해서도 따뜻하고 다정다감한 것을 잘 알고 감사하게 여겨 오는 터인데 그 이상의 감정으로 P화백을 생각해 본 일이 없었던 것을 다행으로 여길 뿐이었다.

나는 종종 이러한 반성의 순간을 갖는 일이 많다. 다만 큰 죄가 되지 않는 줄은 알지만….

(1955.)

# 얼굴

얼굴은 가지각색이다. 둥근 얼굴, 긴 얼굴, 까만 얼굴, 하얀 얼굴, 누런 얼굴, 다 각각 다르다.

얼굴은 각자 바탕과 색깔이 다를 뿐만 아니라 얼굴을 구성하고 있는 눈, 코, 입, 귀, 어느 한 부분이나 똑 같지가 않다.

이렇게 똑 같지 않은 얼굴 중에서 종합적으로 잘 생긴 얼굴 못 생긴 얼굴을 발견할 수 있는 것과, 생김새는 잘 생겼든 못 생겼든 인상이 좋고 나쁜 것이 구별된다.

첫인상이 우락부락하게 생긴 얼굴이지만 자주 만날수록 그 우락부락한 모습이 차차 좋아지는 사람이 있는가 하면 언뜻 보아서 첫눈에는 들었는데 두 번 세 번 볼수록 싫어지는 얼굴이 있다.

지금도 내 생김생김이나 인상이 나쁘다고 여기고 있다. 나는 일찍이 얼굴이 예쁘지 못해서 비관까지 한 적이 있었다.

여학교 일학년 때라고 생각된다. 나하고 좋아지내던 상급생 언니가 나를 통해서 알게 된 내 친구를 나보다 더 좋아하는 것을 알게 되었다.

나는 그때 한꺼번에 두 가지를 잃어버렸다. 지금까지 언니처럼 믿고 의지해 오던 상급생 언니, 그리고 한시도 떨어질 수 없는 절친한 친구를 한꺼번에 잃은 섭섭한 마음에 사로잡혔다.

나는 내 친구가 나보다 뛰어나게 예쁘기 때문에 사랑을 빼앗겼다는 자격지심으로 미국에 계신 아버지에게 "왜 나를 보기 싫게 낳아 주셨느냐?"고 원망스러운 항의 편지를 보냈다. 그때 아버지는 어리석은 철부지에게 점잖게 일깨우는 회답을 해주셨던 기억이 새롭다.

회답의 내용이란, 대략 인간은 얼굴이 예쁜 것으로 잘 사는 것이 아니라 보다 마음이 아름다워야 사람 노릇을 한다고 타이르는 말씀이었다.

그러나 외모가 예쁘고 미운 문제 때문에 고민하던 나에게 아버지의 하서(下書)가 위로가 될 리 만무하였다.

외모의 미운 모습은 영원히 가다듬기 어려워도 마음 씨란 수양이나 교양으로써 선을 긍지로 삼을 수 있다고 믿어왔기 때문이었다.

그 후 나는 예쁘지 못한 내 얼굴이지만 별 구애 없이 살아오게 되었다. 동무들 중에서,

"왜 당신은 그렇게 못났소?"

하고 놀려대는 일이 있어도 나는 태연자약할 수 있는 기품을 지닐 수 있게 되었다. 그것은 일찍이 내 애인으로부터,

"당신은 과실로 치면 배같은 사람이요."
라는 찬사를 받은 기억이라든지 그밖에 남들이 밉다고
하건만 그와는 반대로 나를 귀엽다고 하는 R형 등이
옆에 있어서 마음놓는 순간이 적지 않았다. 그러나 그
런 것보다도 어렸을 때 아버지께서 주신 훈시가 내 나
이 들면서 한층 생활의 신조로 되어졌기 때문이다.

즉 사람은 외양의 아름다움보다도 마음이 고와야 하
느니라는 아버지의 말씀은 다분히 진리와 진실을 품고
있었다.

이런 것으로 미루어 봐서 유명한 관상가가 관상은
즉 심상(心相)이라는 말을 했는지도 모른다.

얼굴의 아름답고 미운 생김새로 운명이 결정되는 것
이 아니라 마음쓰기에 달려 운명이 결정된다는 이치이
리라!

또한 미인박명이라는 말이 있고, 고대 신화에도 얼굴
이 예쁘기 때문에 불행했던 이야기들이 많다.

미인박명이란, 미인이 되어서 숙명적으로 불행한 것
이 아니라, 옛날 약탈 결혼 시대에 생긴 말이다. 예쁜
색시가 딴 곳으로 시집을 가게 되면 동리 총각이 붙잡
아다가 늘씬하게 두들긴다. 정신이 없어서 쓰러졌을 때
업어다가 장가를 든다. 너무 심하게 맞으면 생명이 위
험하기도 하니까 미인박명이라는 말이 나온 모양인데
지금에 있어서도 미인의 약탈전은 벌어지고 있는 셈이
다.

외양이 예쁜 미인을 전취(戰取)하기 위해서 급급하

는 남자의 수는 많으나 마음이 고운 미인을 찾아내려고 애쓰는 남자의 수는 극히 적음을 곧잘 발견할 수 있다.

그것은 호화찬란하게 포장한 상품 속에서 진짜와 가짜를 분별하기 곤란하듯이 최신식으로 메이크업한 얼굴 속에서 누가 진정 좋은 사람인가를 발견하기 힘든 데도 이유가 있으리라.

"열 길 물 깊이는 알아도 한 길 사람의 속은 모른다"는 옛말이 있듯이 얼굴 생김새가 둥글고, 길고, 마르고, 살찐 갖가지 모습에서 어느 누가 진실한 사람인가를 더욱 찾기 힘들 것이다.

그러나 캄캄한 어둠만이 있는가 하면 밝은 태양과 광명이 있듯이 천차만별의 얼굴들 중에서 사랑할 수 있는 얼굴을 생각할 수 있을 것이다.

그 사랑할 수 있는 얼굴들이 지닌 표정의 색깔이란 막연하나마 좋은 것이라고 부르고 싶다.

한마디로 좋은 인간성의 표현일 것이다. 인격이나 교양, 지성 등등이라고 해도 좋다. 인간과 동물을 분별할 수 있는 하나의 진실한 의미의 표시일 것이다.

원래 사람이 사회와는 별로 관련이 없이 지내게 된다면 홀로 좋은 것으로 시작되고 좋은 것으로 그치면 된다.

그러나 복잡하고 귀찮은 수속이나마 최고도로 발달된 문명국 사람들이 지키고 애쓰는 질서에 대해서 보조를 아니 맞출 수 없다.

자비를 목표로 삼는 종교가의 얼굴에서 무자비한 표

정이 엿보였을 때 실망은 크다. 일반의 존경과 흠모의 대상이 되어야 할 지도자나 교육자의 얼굴에서 야망과 욕심이 불타는 인상을 느끼게 된다면 실망하게 된다.

최소한도 자기 이름 석 자 밑에 집 가(家)자의 글자 한 자씩을 덤으로 붙여 부르는 영예를 자랑하려면 우선 얼굴의 표정부터 고쳐야 된다. 또한 체면이니 철면피니 하는 말에 대한 의의도 좀 생각해 보아야 할 것이다.

진정「모나리자의 미소」를 아름답게 느끼듯이 아름다운 얼굴, 바로 아름다운 인품을 느낄 수 있으면 이에 더한 바람은 없을 줄 안다.

미남 배우 로버트 테일러의 미보다는 희로애락의 곡절이 배인 조화의 미가 어우러진 버나드 쇼 옹의 얼굴에서 인간으로서의 매력을 느끼게 되는 것은 웬일인가.

(1955.)

# 나의 첫사랑

나의 첫사랑의 영광(榮光)은 아무래도 시인 R씨에게 수여해야겠다. 확실히 사랑을 한 사람하고만 죽을 때까지 한다는 것은 거짓말이다.

해마다 새로운 가지에서 새싹이 나듯이 사랑이라는 본질은 같으나 한두 사람이 아닌 이 사람 저 사람에게 사랑의 꽃은 피울 수 있다.

R이라는 사람하고는 장미꽃이 되었으면 H라는 화가와는 찔레꽃이 될 수 있는 것이 사랑의 형태이기도 하다.

그러나 사랑을 한 사람하고만 해야 한다는 율법(律法)이 생긴다면 얼마나 덤덤할 것인가를 생각할 수 있다. 따라서 인간생활에서 발생되는 모든 불행을 무엇으로 막을 것인가를 생각 아니할 수 없다.

이런 의미에서 나의 첫사랑은 나의 소녀 시절에 피었다 진 붉은 한 송이 꽃이었다.

선희는 정순이가 주었다고 방 동생이 점심 시간에 전해준 세 갈피로 접은 노트장을 다시 한번 내려 읽었다.

"언니, 신문사 학생란에 실린 언니의 글을 읽고 칭찬하는 사람이 있어. 그이는 시인이야. 글쎄, 그이가 언니보고 당나귀나 타고 다니라는구려. 당나귀를 타고 다니는 뜻이 무엇이냐고 물었더니 언니한테 가서 말하면 안대. 그리고 요새는 만나면 언니 이야기만 자꾸해" 하는 사연이었다. 선희는 저녁을 먹은 뒤에는 으례 동무들과 함께 학교캠퍼스를 산책하던 버릇도 잊어버리고 침상에 반듯이 누워서 당나귀 연구만 하고 있었다. "당나귀를 타고 돌아다녀라" 매력을 끌려는 말에는 틀림없다. 그러나 무슨 뜻일까. 예수가 타시고 예루살렘으로 들어가시던 나귀는 아닐 것이다. 그러면 돈키호테를 연상시키는 나귀인가. 그렇지도 않다면 백석(白石)의 시에 눈 오는 날 나타샤와 같이 당나귀를 타고 간다는 내용을 말한 것인가. 이것도 저것도 아닌 그냥 내던져 버리는 말이 아닌가.

아무래도 좋았다. R이 보내 준 당나귀나 타고 다니란 말은 선희의 가슴 복판에 커다란 구멍을 뚫은 것만은 사실이었다.

선희는 침상에서 벌떡 일어나서 침상 밑의 고리짝을 열어젖히고 묵은 잡지를 뒤지기 시작하였다. 그러나 선희가 찾는 R의 이름 석자는 찾을 수가 없었다.

선희는 자기 자신을 이해할 수가 없었다. 다른 때 같으면 동무가 노트장에 적어주는 이런 이야기 정도를 가지고 속을 태울 자신이 아니었다. 그런데 이름 모르는 어떤 열병(熱病)에 걸린 것처럼 한 번 보지도 못한 사람을 생각하게 되는 병에 걸리고 말았다.

그 다음 토요일 외출 시간이었다. 선희와 정순이는 아침부터 거리로 나왔다.

선희가 외출할 때마다 잘 다니는 휘가로 다방의 문을 열고 들어서니까 3등 대합실같이 북적거린다. 선희는 옆에 있는 정순이를 끌고 휘가로 옆에 새로 생긴 오리온이라는 다방으로 들어갔다. 선희는 정순이의 앞에 서서 어느 자리에 앉을까 망설였다. 선희는 화초나무 옆 빈자리에 자리 잡았다.

뒤에 섰던 정순이는 손을 입에다 대고 살살거리면서 선희 옆에 넘어지듯이 앉으면서,

"그이가 저기 있어. R 말야"

하고 웃음을 참지 못한다. 이어서

"이리로 오라 그럴까?"

하고 선희를 쳐다본다.

"마음대로 해."

하는 정도로 선희는 대답했다. 정순이는 열심히 손짓을 한다.

선희는 뚜벅뚜벅하는 구둣발 소리를 들을 수 있었다. 가슴이 공연히 설레기 시작한다. 두근거리는 가슴을 진정시키기 위해서 한참 동안 눈을 감고 있었다.

선희는 R하고 서로 인사를 한다는 것이 새삼 어색했다. 그냥 가볍게 웃고 지금까지 알고 지내던 사람처럼 자연스럽게 바라보았다. R은 짙은 자줏빛 넥타이를 매고 있었다.

"당나귀를 타고 돌아다니란 말뜻이 뭐예요?"

하고 R을 향해 물었다. R은 선희에게 총알이 정통으로 들어맞은 듯이 웃기만 한다. 정순이는 정순이대로 몸을 흔들면서 웃는다.

"앉아 계십시오. 저기 좀 다녀오겠습니다."

R은 이렇게 말하고 다른 테이블로 가 버리고 말았다. 선희는 R이 돌아서서 걸어가는 모습을 마음껏 바라보았다. 서리가 뿌려지듯 희끗희끗한 곤색 양복을 입은 R의 모습은 유달리 후리후리한 키였다.

"사람이 퍽 좋아 보인다."

선희는 정순이 보고 겨우 말을 하였다.

"퍽 좋지."

"저이 결혼했니?"

"응 했대. 어려서."

"여기서 살림하니?"

"아니, 살지 않는대."

"이혼했나?"

"아닌가 봐. 자기 집을 떠난 지가 십오 년이 넘는대."

선희는 고개를 끄덕끄덕했다. 그때 R이,

"당나귀 회합입니다."

하고 종이조각을 테이블 위에 올려 놓으며 자기 자리에 앉는다. 선희보다 먼저 정순이가 종이조각을 날름 집어다가 내려 읽고는 선희 앞에 놓았다. 미색 마루젠 원고지에 쓴 글이었다.

「묘지통신(墓地通信)」

나는 오늘에야 비로소 그리스도와 석가여래와 공자와 함께 살고 있는 것을 알고 안심할 수 있어요.

　이 거리에는 지금 저녁놀이 한참이오.

　사람들은 이별이 한참이라는데 소녀는 당나귀를 타고 이 거리에 들어섰소.

　바라건대 소녀여! 자의식을 버려라.

　선희는 더 말하지 않았다. 손으로 턱을 괴고 R을 물끄러미 바라보는 것으로 대답하고 있었다. R의 눈동자는 보석처럼 빛나기 시작하였다. 선희는 순간 여름옷을 처음 입었을 때처럼 몸이 가뿐해지는 것을 느꼈다.

　다음 토요일 외출 날이었다. 선희는 아침 일찍이 도서관에 간다고 기숙사를 나왔으나 도서관은 만원이었다. 명치정 거리에 들어서서 책방을 뒤지기 시작하였다. 선희는 책을 찾는 것인지 R을 찾아다니는 것인지 알 수 없었다. 마침 서점에서 책을 보고 있는데 거리를 지나가던 R하고 눈길이 부딪쳤다. 선희도 R도 어리벙벙해서 바라보고만 있었다. 구두 끝만 보도 위에 비벼대고 서 있었다. 그러다가 R이

　"저 이따 놀러 오십시오. 오후 네시에 오리온으로."

하고 터벅터벅 걸어가 버린다. 선희는 R의 그 싱겁고 어리석은 듯한 것이 좋았다. 오후의 아름다운 약속을 위해서 오전엔 무엇을 하고 지낼까? 생각하였다. 할 일 없이 디파아트를 빙빙 돌기만 하고, 책가게를 기웃거리기도 하였으나 좀처럼 시간은 가지 않았다. 책을 꺼내

읽어 보려 해도 R의 표정만이 어른거려 머리 속에 들어가지 않았다. 오후 네시가 되었다. 선희는 오리온의 문을 능숙하게 밀고 들어섰다. 보이가 자리를 안내한다. 선희는 R이 따라와 앉겠지 하고 빈자리에 가 앉았다. 아니나다를까 R은 선희와 거의 동시에 앞자리에 와 앉았다.

"네시가 되기 전부터 기다렸습니다."

R은 담배를 꺼내 피운다. 선희도,

"난 온종일 거리를 쏘다녔습니다."

둘이는 묵묵히 바라보고만 있었다. 서로 마주 바라보고만 있어도 선희는 마음이 차분하게 가라앉았다. R은 호주머니에서 연필을 꺼내더니 책 위에 이름을 쓰며 저기 앉은 저 사람이 소설가 모씨라고 가르쳐 주기도 한다. 앙드레 지드의 「좁은문」이 좋으냐, 「배덕자」가 좋으냐, 묻기도 한다. 다음에 만났을 때 R은 묻지도 않은 말을 하였다.

"난 어려서 신(神)대신 부모가 혼인을 시켜 주었습니다. 어머니 뱃속에서부터 이미 난 약혼한 몸이었습니다. 열네살 때 서울로 올라와서는 오늘날까지 이 모양대로 살고 있습니다."

한참 후 두 사람은 오리온을 나와 본전다방 층층계를 내려가서 재즈 음악 속으로 쓸려 들어갔다. 자리를 잡고 타월로 손을 씻고 나서 R은 양복 안주머니에서 원고를 꺼내서 선희에게 준다. 선희는 원고를 받아들고 R을 쳐다본다.

"읽어 봐요."

선희는 급하게 내려 읽는다.

"그는 늙고, 그 위에 절름발이였다. 침침한 어느 하숙 골방에서 권태로운 날을 보내고 있었다. 그 늙은 얼굴은 소크라테스를 연상케 하는 미남자였다."

"자화상이지요?"

물으면서 선희는 R을 쳐다보았다. R은 담배만 푹푹 피우고 있었다.

그날 밤 선희는 기숙사에 돌아와서 R의 생각에 잠기었다. R과는 그냥 마주 바라보기만 해도 권태롭지가 않으니 이것이 사랑인가. 나는 앞으로의 나의 생을 R에게 맡긴다면 행복보다 불행을 각오해야 할지 모른다. 그러나 나의 불행을 막아낼 인간의 힘이 있지 않느냐. R은 어디 먼 곳에 가서 살고 싶다고 한다. 자유로운 공기를 호흡하고 싶다고 한다.

나는 왜 미혼자보다 기혼자를 좋아할까. 기혼자 중에서도 R처럼 세상 풍파에 시달린 사람을 좋아하는 모양이다. 내 남자 친구들은 왜 그렇게 깊이가 없고 어린애 같을까. 그들은 오히려 내가 어루만져 주어야 할 어린애들이다. 내가 미망인(未亡人)이나 된다면 그때 나는 그런 친구들하고 살 수 있을지 모른다. 그러나 지금은 좀더 폭이 넓은 남성이 좋다. R이 나를 좋아할지 모른다. 그러나 나는 아저씨같은 R이 좋아.

그날 밤 선희는 밤잠을 제대로 자지 못하고 R을 생각하고 있었다. 그 이튿날 R에게 전화를 걸었으나 그는 자리에 없었다. 그 이튿날, 외출날도 아니지만 선희는 시내로 뛰어 나갔다. 선희는 동무를 데리고 오리온으로 들어갔다.

한참 후 R의 모습이 보였다. 선희는 '웬일이냐?' 하고 문쪽을 보았을 때 R은 선희보다 나이가 한 열살은 많아 보이는 어느 여성하고 다방문을 나가고 있었다. 선희는 그냥 소파에 쓰러지고 말았다. 그때 선희는 웨이터가 흰 봉투를 테이블 위에 갖다 놓는 것을 보았다.

"선희, 나는 아무말도 하기 싫어졌소. 나는 낡은 도덕을 거슬러 올라갈 힘이 없소. 사랑이란 윤리(倫理)를 벗어날 수 있다 하지만 그것은 나의 생각뿐이고 선희를 어찌기는 싫소. 그뿐. —R"

선희는 여러 번 같은 글을 내려 읽었다. 그러나 선희로서는 이해할 수 없는 말이었다. 핸드백에서 만년필과 종이를 꺼냈다.

"R, 편지 잘 읽었습니다. 나도 새로운 윤리를 창조하고 싶어요. 새로운 윤리의 창조자가 될 테에요. 오늘은 간단히 이만. —선"

이렇게 몇 줄의 글을 적은 종이쪽지를 웨이터에게 맡기고 지금이라도 곧 R을 찾아내야겠다는 듯이 급하게 다방문을 밀치고 거리로 나섰다.

주인공 선희는 나의 어렸을 때 모습이다. 경상도 사투리를 쓰던 R은 지금은 작고하고 없는 R시인이었다.

(1979.)

# 소리 노이로제

요즘 나를 놀라게 하는 것은 밤중에 걸려 오는 전화 벨 소리다. 밤중에 걸려오는 전화 벨 소리는 오래 전부터 신경을 괴롭히는 일 중의 하나였다.

할아버지와 할머니가 연만하신 후에는 밤중에 전화 벨 소리가 울리지 않나 해서 늘 긴장 속에 지냈던 것이다. "할아버지가 돌아가셨다"는 부음이 전화를 통해 전해질까 봐 수화기를 들 때마다 겁을 집어먹었는데 그때마다 전화의 목소리는 명랑한 친구의 목소리가 아니면 잘못 걸려온 전화였다.

어느 여름엔가 비가 억수로 퍼부었을 때였다. 농사일을 중하게 여기시는 할아버지는 논에 넘치는 진흙물을 뽑아 주려고 비를 맞고 들에 나가셨다가 그만 논둑에 쓰러지셨다. 그때 동네 사람들이 업어서 집으로 왔지만 그때부터 병으로 누워 3년을 앓다가 돌아가셨다. 그 2,3년은 한시도 마음을 놓을 수가 없던 때였고, 그때만 해도 경험이 적은 나는 가슴을 가라앉히지 못하고 전전긍긍 했다. 한 번 심한 쇼크를 받으면, 멍든 피부만 스쳐도 아픔이 되살아나듯이 깜짝깜짝 놀라는 병이 되는 듯하다.

나는 전화벨 뿐 아니라 누가 부르는 소리에도 놀라는 병이 있었다. 지금은 많이 좋아졌지만 6·25같은 전란을 치러서 그런지 그 당시에는 사람의 발자국 소리나 누가 부르는 소리가 신경을 날카롭게 했었다.

이런 병에 걸리게 된 원인을 더듬어 올라가면 어렸을 때 멍이 들었는지도 모르겠다.

대여섯 살 때, 어느 여름 밤 일이다.

모기장 속에서 자다가 깨어났을 때 옆에 꼭 주무시고 계시리라고 생각했던 할머니가 안 계셨다. 시골 밤이라 주위는 캄캄하고 두려움이 왈칵 몰려와서 짓누르는 듯했다. 나는 그때 있는 힘을 다해서 소리쳐 울었다. 울면서 모기장을 들추고 뛰어나가면서 악을 쓰며 울었다. 할머니는 옆집으로 마실을 가셨던 것인데 어린 마음에는 큰 충격을 주었던 것 같다.

이런 충격은 그 후에도 한두 번이 아니었다. 마치 석공이 돌을 쪼듯 나의 가슴을 쪼던 일이.

"아버지가 동성(東星) 개교 기념일에 갔다가 쓰러져서 우석 병원에 입원했어요."

하는 동생의 목소리였다. 전화를 받고 허둥허둥 뛰어갔을 때는 인사불성이었고, 그 길로 여동생네 집으로 가셔서는 세상을 떠나셨다.

생명이 사라지는 순간이란 바람보다 꽃보다도 더 속도가 빨라 걷잡을 수 없는 일이고, 그것은 고무풍선에서 바람이 빠지는 것 같다고 할까, 허무라는 말도 그

뒤에 느껴지는 낱말이지 실감이 적다.

나는 아버지의 죽음이 너무나 갑작스러운 일이라서 몽둥이로 되게 얻어맞은 것 같고 정신을 차리지 못했다. 이런 나의 정신 상태에 어머니가 혈압이 2백이라는 말을 들었을 때 나는 안절부절을 못하고 바로 신음을 하는 환자의 상태였다. 아버지가 돌아가신 지 1년이 못 되어서 어머니마저 돌아가실까 봐 우리 형제들은 견딜 수가 없었다. 일평생 고생만 하신 어머니의 생애가 안쓰러웠다. 어머니의 생명을 붙잡을 수 있다면 붙잡고 싶다.

밤중에 소변이라도 보기 위해 일어나다 넘어지시면 어떻게 하나 하는 걱정은 걱정의 꼬리를 물고, 쓰러지면 못 일어나실 것 같은 상상은 무서움으로까지 변했다. 잠은 하얀 눈같이 모든 인간의 괴로움을 덮어 주는 기적의 세계다. 그런데 그때 내겐 이런 기적도 일어나지 않는 밤이 계속되었었다.

요즘은 기쁜 소식보다 언짢은 소식이 더 많이 들려온다.

우리가 어렸을 때는 겪어 보지 못했던 일들이 우리 주위에서 일어나고 있다. 가까운 친구가 어느새 세상을 떠나고 친구들의 부모님들이 돌아가셨다는 소식, 주검의 행렬이 눈앞에 보이는 듯하다. 누가 먼저 당하느냐는 그것뿐, 누구에게도 닥칠 일들, 우리는 이런 생각을 할 연령에 도달했다.

젊은 날에도 우리 옆에 죽음이 뒤따르지 않았던 순

간은 없었다. 어느 때는 사랑을 위하여 목숨을 불태우려 했고, 때로는 사회 정의를 위해서 목숨을 아끼지 않으려 했다.

죽음을 모르고 생을 구가해야 할 젊은 시절에도 제대로 피지 못한 꽃처럼 죽을 고비를 겪었던 연대였다.

상처투성이의 인생이라고 할는지, 그런 인생들은 어느 의미에서는 환자들이다. 이런 환자들은 오히려 생을 바라보고 발버둥치는 것보다 생을 단념하는 습성이 자기를 얼마나 굳세게 지켜주는지 모른다.

(1980.)

# 낙엽의 침묵

도시에서 낙엽을 생각한다면 세종로 가로수에서 떨어지는 은행잎을 꼽을 수 있다. 가을이 되면 은행나무 가로수는 노란색으로 물든다. 노란색으로 물들여진 가로수의 색채도 일품이지만 낙엽이 되어 길가에 떨어진 은행잎도 색이 그대로 있어 거리는 한때 노란 카펫을 깐 것처럼 화사하고 아름답다.

이처럼 가을의 운치는 뭐니뭐니 해도 단풍의 아름다움을 찬양할 것이나 나뭇가지에서 하나 둘, 때로는 우수수 떨어지는 낙엽의 진미를 말하지 않을 수 없다.

낙엽은 나무 아래 조용히 쌓이기도 하고 바람이 부는 데 따라 이리 구르고 저리 구르게 마련이다.

낙엽들도 가을이 되었다고 해서 떨어지는 시간이 정해져 있고 타고난 운명적인 것이 따로 있어 한이 차서지는 것만도 아닌 성싶다.

낙엽의 모양새도 가지가지다. 물이 곱게 들어서 모든 사람들에게 박수갈채를 받고 떨어지는 낙엽이 있는가 하면 나뭇가지에 매달려서 색깔도 예쁘지 않은 채 떨어져 버리는 것도 있다. 어떤 것은 벌레가 갉아먹어 형태

조차 찾아보기 어려운 모습이 된 것도 있다.

떨어지는 낙엽을 쳐다보고 있노라면 떨어져 나간다는 일이 마치 우리들의 사정같이 생각되기도 한다.

단풍과 낙엽은 우리들의 삶과 죽음을 상기시킨다.

사람들은 임종을 잘 치르게 되면 복이 많다는 말로 죽음을 위로해 왔다. 그것은 벌레 하나 먹지 않은 단풍잎에 비유하고 싶다.

그러나 우리가 살아온 삶이란 그렇게 순탄하지만은 않다고 생각한다. 벌레에 뜯긴 낙엽처럼 상처투성이의 생애를 생각 아니할 수 없다.

아직도 지구촌 안에는 비극이 멈추지 않은 채 비참하게도 굶주림으로 죽어 쓰러지는 사람들이 수도 없이 많다고 하니 떨어지는 낙엽 중에서 어떤 나뭇잎과 비교할 수 있을 것인가. 사람의 목숨을 비로 쓸어버리는 낙엽만도 못하다고 표현할 것인가. 그래서 우리의 조상들은 편안하게 죽어가는 것을 오복 중의 하나라고 굳게 믿었는지 모른다.

떨어져 나가는 것은 비참하고 슬픔이 뒤따른다. 사랑하는 사람에게서 저버림을 받은 여인, 또는 남성도 떨어져 나가는 나뭇잎을 보고 흐느껴 울게 된다.

남녀관계란 낙엽처럼 담담하지가 못하다. 낙엽은 유감 없이 떨어져서 흙으로 되돌아가고자 하는 의지가 있다.

사람의 정이란 낙엽처럼 떨어졌다 해도 칼로 베인 듯 단념 못하고 치사할 정도로 떨어져 나간 것을 아쉬워 한다.

이 가을의 가르침이 있다면 낙엽같은 내가 되고자 노력하는 일이다.

낙엽은 썩어서 나무의 거름이 된다. 썩은 낙엽은 또 다시 나무의 새로운 생명력을 주는 힘이 된다. 나무의 영원한 생명을 위해서 죽어주는 것이다.

우리집 안마당 담에는 담쟁이 덩굴이 무성하다. 봄에는 제일 먼저 봄을 예고해 오고, 여름의 무성한 녹음, 가을에는 빨간 단풍이 요염하다.

단풍이 화려했던 만큼 낙엽이 되어 땅에 떨어질 때도 걷잡을 수 없이 우수수 떨어진다. 바쁜 아침에 단풍잎 줄기와 쓸기로 한몫을 한다. 단풍잎을 쓸어서 다시 덩굴을 덮어 주는 일이 이때의 아침 일과가 되기도 한다.

담쟁이에 대한 매력은 몇십 년 전 미국에 갔을 때 비롯됐다. 역사가 긴 학교를 아이비 스쿨이라고 해서 거의 명망이 높은 학교인 것을 알고 있었다.

그때부터 담쟁이에게 끌린 나머지 드디어는 담쟁이 덩굴을 얻어서 심게 되었고 지금은 담쟁이로 휩싸일 정도로 덩굴은 번져 나갔다.

가을이 되면 담쟁이 덩굴의 단풍이 혼자 보기에는 아까울 정도다. 거짓말 없이 손바닥만큼씩 퍼진 담쟁이 잎사귀가 빨갛게 물든 모습도 장하지만 낙화처럼 떨어질 때도 볼 만하다.

말하자면 가을이 앞마당 가득 연못처럼 차 있는 것

을 알게 한다. 안마당에서 펼쳐지는 가을의 잔치는 어느 명산의 단풍보다도 귀하게만 여겨진다.

아름답던 단풍의 경치도 잠깐이요, 낙엽으로 둔갑해서 떨어진 후의 일이란 쓸쓸하고 허무하기만 하다.

이 가을에는 더 뜻있게 떨어지는 담쟁이 낙엽을 바라볼까 한다. 한 잎도 저버리지 않고 거둬서 다시 뿌리를 덮어 주어야겠다.

거름은 완전히 썩어야만 효력을 발휘한다. 낙엽처럼 떨어져서 겸허하게 썩어 흙으로 돌아가는 교훈을 되새겨 본다.

(1994.)

## 봄물

수도꼭지를 틀어 조르르 흘러나오는 찬물의 시원한 감촉을 처음으로 느껴본다.

봄이 다가왔다는 안도감보다도 찬물의 시원하고 상쾌한 맛을 다시 발견한 즐거움이 크다.

무겁게, 납덩이처럼 가라앉은 마음이 일시에 기구처럼 가벼워지는 것을 느낀다.

겨울 동안 물은 물이 지닌 바 본연의 성질을 잃고 있었다. 물이 가진 그 부드럽고 맑은 아름다운 모습을 잃고 있었다. 눈으로 볼 수 있는 형태 뿐만 아니라 그 성질까지도 아주 변해 있었던 것이다.

물은 겨울 동안 사람의 피부를 쥐어뜯듯이 아프게까지 하였다. 마치 죄를 지은 인간이 야수가 되는 형벌을 받아, 곤고한 처지에서 영원히 죽어지지 않고 지냈다는 가혹한 전설이 연상될 정도였다. 이와 같이 물로서는 겨울은 무서운 형벌을 받는 계절이었을 것이다.

봄이 되면 흔히 꽃 피는 계절만을 찬양한다. 동면에서 깨어나는 버러지들에게 신기한 경이의 표정을 보낸다. 시각으로 느낄 수 있는 봄, 회색 속에서 연둣빛으로 번져 나가는 풍경을 찬양 아니 할 수 없다.

그러나 무심코 손을 물에 담갔을 때 물이 주는 짜릿한 감각이란 봄이 갖다주는 어떤 풍치보다도 나에게 잊어버렸던 봄을 찾아 주는 것이다.

피부를 쥐어뜯듯이 아프게까지 하던 감각은 어디로 사라졌는지, 물은 인간에게 새로운 즐거움을 선물하고 있다.

부드러운 물에서 느끼는 재발견, 물은 봄이라는 계절을 가르쳐 주는가 하면 내 마음속에 잠자고 있던 마음의 눈까지 살포시 뜨게 한다. 내가 사춘기의 소녀였더라면 이성(異性)을 알고 심문(心紋)의 충격을 받는 단순한 동기가 되었을지도 모른다.

너나 할 것 없이 도회에서 사는 사람들은 창경원(昌慶苑)의 꽃구경, 남산(南山) 허리에 어린 찬란한 꽃구름을 즐길 수는 있으나 봄의 운치를 돋구는 강이나 내는 보지 못한다.

다만 하나의 희망이라면 서울 도심에서 십여 분 동안 버스로 달리면 한강(漢江)이 있는 것이다.

물은 모든 물체를 윤택하게 하듯이 땅을 기름지게 하고 나아가 한 고을을 번창하게 한다.

얼마전 중앙대학에 나갈 일이 있어서 한강철교를 건널 기회가 있었다. 그때는 아직 봄 절기가 완연하지 않은 추운 때였다.

나는 차창 밖으로 유유히 흐르는 강물을 보았다. 그것은 오래간만의 일이었다. 부산(釜山)에서 서울로 환도하는 길에 강물을 보고 처음 보는 것이었다. 물은 모래사장을 파헤치고 줄기줄기 흐르고 있었다. 비록 봄날답지 않게 풍세는 세었지만 물은 평화스럽게 아무 일도 없었다는 듯 흐르고 있었다.

물결은 바람을 타고 손풍금처럼 오므라졌다, 퍼졌다, 형형색색의 재주를 부렸다. 흐르는 파동을 헤치고 음향의 리듬이 들려오는 듯도 하다.

물은 자유의 모습 그대로다.

우거진 숲, 바위 틈바구니를 졸졸 마음놓고 흘러내리다가 불시에 동장군을 맞아 바위틈에 끼인 채 얼어 붙었던 물, 깊지 않은 냇가에 깔려서 얼어 말라 버렸던 물, 그것은 물이 지닌 흐름의 자유를 누릴 수 없던 가혹한 계절이었음을 생각케 한다.

만일 물이 감각을 아는 생물이라면 겨울을 참고 견딜 수 있었을까.

나는 물 뿐 아니라 많은 생물이 바위틈을 졸졸 흐르다가 얼어붙는 것 같은 구속을 받게 되는 형편을 연상해 본다.

새삼스럽게 발견된 일은 아니지만 항상 자연의 이치가 그대로 인간 생활에 적용되고 있다.

나는 물끄러미 물을 바라다보고 서 있었다.

태양의 따뜻한 빛이 내려 쪼이자 강가에는 입김같은 뽀얀 증기가 서리는 가운데 조그만 보트가 몇 개 나란히 떠 있는 것이 보였다.

평소 나는 행복이란 무엇인지 모르고 살아 오고 있

는 터이지만 이런 순간엔 엷은 꽃이파리 같은 행복을 느낀다. 그리고 마치 봄물이 얼음 속에서 풀려 나오듯 나를 얽어매려는 모든 허위와 구속 속에서 벗어나려고 꿈틀거리는 나를 찾아낸다.

봄물이여. 추운 겨울 그리고 무서운 형벌인 얼음 속에서 튀어나오듯이 나를 어지러운 속에서 벗어나게 해 달라고 애원하고 싶다. 그리고 물은 더러운 것을 깨끗이 씻는다. 오물이라고 생각키우는 모든 것들을 깨끗이 씻어 주소서 빌고 싶은 마음이다.

(1955.)

**2.**

고목의 계절

# 장마 단상(斷想)

밤새도록 비가 내렸다. 새벽에 눈을 떴을 때도 빗방울 소리가 심하게 들려왔다. 부엌 뒷곁에 붙여 만든 비닐지붕에 떨어지는 빗소리였다.

얼마를 지나고 마루문을 열었다. 비는 그쳐 있었다. 아직 새벽이 움직이려면 이른 시간이라 숨을 죽인 듯 주위는 조용하였다. 밤새도록 비를 맞은 향나무 끝에서는 뽀얀 연기 같은 물안개가 서리고 있었다.

정원에 가꿔 놓은 옥수수니 고추, 호박넝쿨도 비에 젖어 촉촉히 물기가 돌고 있었고 담에 올라붙은 담쟁이 넝쿨도 빗물에 취한 듯 큰 잎사귀가 늘어져 있다.

오늘 아침, 우리집 정원의 풍경에서 악센트가 되는 것은 제라늄의 빨간 꽃송이이다. 제라늄의 꽃분을 몇 개 사올 때부터 나는 지금의 효과를 생각하고 있었다.

우리 집 정원은 넓지는 않지만 오래 묵은 푸른 공간이다. 가물었을 때 물을 주어 그 초록들을 살려야 하는 수고로움을 생각하면 지금 내리는 비를 듬뿍 맞게 두는 것이 초목들과 나에게 그지없이 좋은 일이다.

사계절 중 봄 가을을 으뜸으로 꼽지만 여름이라는

계절이 덥다고 싫어할 수만도 없다. 여름의 무더위가 없으면 어떻게 저 넓고 넓은 바닷물을 몸을 담그고 수영을 즐길 수 있겠는가.

젊었을 때 휴가를 얻으면 늘 바다를 찾아갔다. 가까운 친구들과 함께 해변에서 보잘것없는 판잣집에 머물렀지만 소금기 묻은 몸을 민물로 씻어내고, 두 다리 쭉 뻗고 누워서 하늘을 쳐다보는 편안함은, 무엇에도 비할 수 없는 행복한 시간이었다. 시원한 바닷바람은 모든 시름과 함께 무더위를 쓸어가 버렸다.

그때의 여름 휴가도 항상 바쁜 생활 때문에 떠날 형편이 되지 않았지만 그것은 딸 성미를 위한 행보였다. 어느 해는 대천해수욕장이 되기도 하고, 또 어느 여름은 동해안의 하조대가 되기도 했다. 지금 성미는 결혼해서 미국으로 떠나가 버렸고, 남편은 와병 중이다. 성미가 없는 여름은 어디엔가 떠나고 싶은 마음만이 간절할 뿐 실행하기가 쉽지 않다.

금년에는 장마의 계절을 제대로 치르는 듯하다. 비가 매일 오고 있다. 하늘이 맑은 날이 없고 늘 쓴 약을 먹은 듯 찌푸리는 날로 이어지고 있다.

평생 집은 없어도 자동차는 있어야 한다고 구호같이 주장해 오던 내가 올 5월말에 자가용을 없애고 보통 시민의 모습으로 돌아갔다. IMF시대의 영향을 받아서가 아니라 무리하지 않게 사는 방법을 취한 것 뿐이다. 덕분에 버스다 지하철이다 하는 대중교통을 이용하게 되었고 지금까지 모르던 세상과도 대하게 되었다.

웬만한 보따리는 승용차에 놓고 다녔었다. 이제는 여행가방에 넣고 어깨에 메고 다니는 것이 힘들기는 하다. 그래서 지하철 층계에 서서 아픈 다리를 쉬기도 한다.

지하철 안에서조차 "노약자를 위해서 좌석을 비워 둡시다" 하고 써붙인 자리에는 이미 젊은 청년들이 점령하고 앉아서 내놓지를 않는다. 내가 지하철을 타러 가는 길에는 계단은 있어도 에스컬레이터는 없다. 나는 등산하는 셈치고 걷자 하면서 발걸음을 내딛는다.

그래 그런지 금년은 다른 때보다 더 여름을 느낀다.

장마가 길어져서 비가 오다말다 한다. 비가 내릴 때에는 더위를 죽이는 것 같아서 안도감마저 든다. 우산을 받쳐들고 비가 주룩주룩 내리는 거리를 걸으면서, 지하철을 타러 계단을 힘들게 오르내리면서 '너는 왜 어디를 가려는가'라는 질문을 나에게 던지곤 한다.

빗소리를 들으면서 책상에 붙어앉아 독서하는 게 더 좋지 않겠는가 생각을 해본다. 모두 털어버리고 산속의 암자로 돌아갔다는 어느 스님의 모습이 큰 복으로 느껴진다. 아무에게나 그런 큰 복이 오지는 않는 듯하다.

그러나 지금 내가 살고 있는 모습은, 육체적으로 고생스럽고 정신적으로 이겨내기 힘들다 하지만 그렇다고 누구도 대신 내 무거운 짐을 들어 줄 수 없다는 걸 알고 있다.

우리가 여행을 할 때 흔히 하는 말이 있다. 이따가 와서 다시 보자, 이따가 와서 다시 사자 하지만 여행

중에는 '이따'나 '다시'가 찾아오지 않는다. 한번 스쳐
지나가면 그 뿐이다.

밤새도록 생각한 소망이 있다면, 그 때 스쳐가버린
풍경들, 등나무의자에 앉아서 차를 마시던 레스토랑,
혹은 두리번거리며 걷던 거리, 거기에 다시 한번 가봤
으면 하는 아쉬움들이다.

밖에는 아직도 비가 내리고 있다. 장마가 개면 무거
운 짐 중에 우산 하나는 덜게 되겠지.

올 여름은 누가 붙잡는다 해도 우등버스를 타고 동
해 끝이든 서해든 바다로 나가볼 생각이다.

장마는 계절의 터널인가 보다. 지루하지만 조금만 더
견뎌보자.

(1998.)

# 골목

골목은 아침에 나보다 늦게 깬다. 오직 멀리서 멍멍 개 짖는 소리가 들릴 뿐이다. 제일 먼저 아침에 골목에 들어서는 사람은 아마 조간을 배달하는 신문 배달원일 것이다.

골목길과 벽 하나의 사이를 둔 거처에 사는 나는 아침부터 골목에서 벌어지는 일에 신경을 쓰지 않을 수 없는 형편이다.

나의 청각(聽覺)은 신문 배달원이 신문을 집집마다. 문틈 새로 집어넣는 부스럭하는 작은 소리도 놓치지 않게 된다. 먼 곳에서 종소리가 들려오고 날이 새기 시작하면 골목은 차츰 시끄러워진다.

신문배달원 다음에 나타나는 사람의 발자취는 반찬 장수들이다. 어리굴젓이니 새우젓이니 조개젓을 사라고 소리소리 지른다.

한두 마디만 소리를 외쳐도 알아 들을 사람은 다 알아들으련만, 소리를 질러야만 물건을 팔게 되는 것인지 소리를 지르며 지나간다.

부드러운 목소리, 거센 목소리, 가는 목소리, 기운

빠진 목소리…. 목소리만 들어도 나는 그들의 모습을 분간할 수 있다. 그만큼 그들의 목소리는 이 골목 안에서 낯익은 목소리들이다.

대개 그들의 물건이란 값나가는 것이 못된다. 젓갈 장사 외에도 무장사니, 두부장사니, 엿장사니 모두 십원 안팎에서 홍정이 되는 물건들이다. 그밖에도 칼 갈라는 사람, 구공탄 찍는 사람이 소리를 외치고 지나가고 있다.

내가 이 골목 안에서 산 지도 2년 가깝게 되지만 그들의 직업은 변함이 없는 것이다. 그때나 지금이나 두부장사는 두부 장사를 하고 있다.

일원짜리 돈의 값을 알 수 있는 것은 이런 골목 안에서 뿐일 것이다. 또한 일원짜리 돈을 소중히 여기는 사람들도 이 골목 안 장사들일 것이다.

이 골목 안에 오래 살아가는 동안에 골목 안 사람들이 한식구 같이 되는 것처럼 장사들도 어느 틈에 가까워진 것이다.

외상의 미덕(美德)을 발휘하는 곳도 이런 곳일 것이다. 얼마 많지 않은 밑천이지만 외상거래가 선다.

나는 낮에는 대개 밖에 나가 있으니까 낮일은 잘 모르지만 골목길이 가장 시끄러울 때는 아마 통행 금지 시간이 임박할 무렵일 것이다.

여자들의 웃음 소리를 실은 지프차가 클랙슨 소리를 울리면서 지나간다. 술주정꾼들이 소리소리 고함을 지르면서 지나간다.

이런 뒤숭숭한 분위기가 없는 날 저녁은 교교한데 가끔 '메밀묵 사려' 하는 처량한 소리가 들려오는가 하면, 야경꾼의 딱딱이 치는 소리가 들려오면서 골목 안의 풍경은 이 정도로 막을 내리게 되는 셈이다.

나는 이런 골목 안에서 벌어지는 모든 일을 일일이 바라다보는 목격자다. 골목 안에 나타났다 꺼지는 이런 인물들 속에서 그들이 처해 있는 현실을 생각하게 되는 것이다.

시드니 킹슬리라는 작가의 「데드 엔드」라는 연극을 본 일이 있다. 이 작가는 일전에 상영된 「탐정 야화(探偵 夜話)」라는 영화의 원작자와 같은 사람이다.

이 작품을 읽은 사람은 알겠지만, 미국의 골목 안을 무대로 해서 그 골목 안에 들어서는 사람들을 중심으로 그린 작품이다. '데드 엔드'라는 말은 막다른 골목이란 의미인데, 이 작품은 막다른 골목을 무대로 해서 막다른 골목에 처해 있는 사람들의 절박(切迫)한 심정을 그린 작품이었다.

이런 것으로 보아 어느 나라에나 골목은 있는 것이고 골목이란 이름 있는 큰길과는 거의 생리를 달리 하고 있다. 그러기에 누구든지 여행을 할 때는 그 나라의 뒷골목을 찾아가보라는 말을 한다. 골목 속에 파고 들어가 보아야 그 나라와 국민의 생활 실정을 파악할 수 있기 때문일 것이다.

서울만 하더라도, 서울을 알려면 서울의 뒷골목을 알아야 할 것이다. 종각 뒷골목과 명동 뒷골목은 그 생리를 달리하고 있다.

어느 골목을 가면 누구를 만날 수 있다고 생각하듯이 골목은 이미 우리의 생활과 결부되었는지도 모른다. 또한 골목은 오랜 역사를 말하고 싶어할는지 모른다. 숱한 역사의 인물들이 지나간 발자취를 생각할 수도 있을 것이다. 일제 때 같은 캄캄한 시대에는 골목은 즐겨 비켜서 갈 수 있는 피난길이었을 것이다.

군자(君子)는 대로행(大路行)이라 한 것은 형이하학적(形而下學的)인 길을 말함이 아니요, 사람이 마땅히 취해야 할 태도를 말했을 것이다. 군자는 대로행이라 한 이 말을 따르려는 현대의 군자들은 종종 앞의 큰길보다 뒤의 좁은 골목길을 걷기를 즐기는 듯하다.

(1982.)

# 치자꽃

치자 열매는 많이 보았으나 꽃은 처음이었다. 그러고 보니까 나무에 열려 있는 치자도 보지 못하였다.

가끔 빳빳하게 말라버린 치자열매가 마치 꽈리를 묶듯이 꼬여 묶여서 것이 건물점에 주렁주렁 달린 것을 보았을 뿐이었다.

치자의 노란 물을 내어 쓰기 위하여 양푼 같은 그릇에 물을 떠놓고 담그어 놓은 것을 본 적이 있다. 노르스름한 물이 치자에서 꽃처럼 피어나듯 우러나는 모양을 보고 아름답다고 생각한 일도 있다.

그러나 치자라는 열매가 그렇게 인상적이 아닌 것은 열매를 늘 마른 것만 보아서 그랬는지는 몰라도 열매가 지닌 운치가 너무 희박하다는 느낌이었다.

이렇듯 치자 열매에 대한 인상이 대단치 않았기에 치자꽃은 경이 그것이었다. 백합과 찔레꽃이 그 향기를 자랑한다면 치자도 백합이나 찔레꽃에 지지 않는 강렬한 향기를 담고 있었다.

꽃은 흰 꽃이어야 그 내음이 좋은가. 색채에 소박함을 띤 만큼 안에서 내풍기는 내음의 미는 한결같이 높은 듯하다. 치자꽃을 처음 보기는 나의 친구 K여사 방에서였다.

K여사의 방에는 항상 꽃이 떠나지 않고 있었다. 그러나 내가 지금까지 흔히 보아 왔고 또 볼 수 있는 낯익은 꽃들이었기에 꽃이 아무리 아름답고 싱싱하게 피어 있어도 나는 꽃을 화제에 올리지 않고 있었다.

K여사는 나를 극진히 생각하는 모양이었다. 나이가 연소할 때는 남을 극진히 생각하는 것만으로도 만족한 내 성질이다.

그런데 나이가 많이 먹어진 탓인지 동무들 사이라도 나를 극진히 아껴 주는데 마음이 많이 끌리게 된다.

이러한 느낌이 자주 K여사를 찾게 하였는지 모른다. K여사가 나를 대접하는 모습은 때에 따라 달랐다.

어떤 때는 내가 다소 한 잔 술을 좋아한다고 해서 군산 술과 안주를 시켜왔다. 어떤 때는 자기의 옛 이야기를 조용히 말하는 것으로 밤을 새우게 하였다. 어떤 때는 꽃병에 꽃을 새로 갈아 꽂아 주었다.

치자꽃을 보게 된 동기도 이러한 K여사 마음의 표현에 기인했다. 나는 처음에 치자꽃을 보고 정말 놀랐다.

K여사가 '치자꽃' 할 때에 나는 그 서울 건물점에 주렁주렁 달린 치자 열매를 연상하면서 당황하는데, 훌륭한 시인이나 소설가나 철학자의 그 어느 이름이라도 몰랐던 순간처럼 당황하여다.

꽃은 송이와 나뭇잎이 함께 믿음직하였다. 거센 비바람에도 쓰러질 것같이 야들야들한 잎사귀가 아니었다.

감나무나 사철나무 잎 같은 계절을 이겨낼 수 있는 굳굳한 절개가 더욱 좋았다.

봉오리의 아름다움은 또한 새로운 멋이 돌았다. 여인의 머리를 길이로 둥글둥글 커트한 송이송이 같았다.

길게 말아 세운 머리 송이 하나하나가 풀리면서 꽃이 되는 듯하였다. 꽃이 예쁘고 잎사귀가 아름답고, 봉오리가 묘하여도 그 중에서 제일 이 꽃이 자랑으로 삼는 것은 역시 내풍기는 향기였다.

치자꽃의 높은 화격(花格)은 내음에 있다고 생각한다. 외모보다도, 육체보다도 정신과 높은 교양과 양식은 꽃에서 향기를 제일로 치는 것과 마찬가지다.

(1952.)

# 우화(寓話)

점심 요기도 하지 못한 빈속에 소주 한두 컵씩만 들어가면 효과적으로 거나해진다. 거기에다 한두 잔 서로 건네기 시작하면 거나한 정도를 지나 다소 취흥의 분위기를 깨뜨릴까 두려운 경지에 이르는 것을, 술먹는 사람이면 겪어서 알 수 있을 것이다.

대개 집에 돌아가는 길이면 어울리는 친구가 한 둘 있다. 아침에 집을 나서며, 함께 만나서 돌아올 시간과 장소를 약속한 H와, 소설가 H씨, 청년평론가 K씨는 집으로 돌아가는 길이 같은 관계로 그 중에서 누구든지 특별한 볼일이 없으면 대부분 함께 길동무가 되었다.

이 길동무가 세 사람이 남자이고 보니 저녁때가 되면 겪는 출출한 마음에 술요기의 생각이 드는 것을 나무랄 수도 없었다.

이러한 기분에 끌리어 종종 들렀던 곳이 '도원정'이라는 빈대떡 집이었다.

그 날도 도원정 이층에서 상을 앞에 둘러싸고 앉아서 빈대떡을 안주로 소주를 마시고 있었다. 그런데 술자리에서는 있을 수 있고 또 흔히 있는 일이지만 이들과 함께 자리를 거듭하였어도 이렇다 하는 노랫가락 한 마디 뽑지 않고 늘 이야기에만 흥이 겨워 있었다. 또 집안식구같이 다정한 친구들이었으니 술자리라고 해서 너 노래를 해라 마라 할 수 있는 처지도 못되었음인지 노래에 관한 말은 한번 꺼내 보지도 못하였다. 그래서 노래는 못하거니 하고 치부해 두었던 것이다.

그런데 그 날은 무슨 까닭인지 누가 권하지도 않은 노래를 먼저 소설가 H씨가 부르기 시작하였다. 그러자 뒤를 이어 우리집 H씨도 노래를 하려고 애를 쓰는 모양이었다. 노래를 한다고까지 말하고 싶지는 않았다. 그리고 노래를 부르면 혼자 흥겨워 부를 것이지 옆에 앉은 사람 보고 들어 달라는 것이다. 오랫동안 사귄 친구가 한번도 노는 자리에서 노래를 부르지 않다가 노래 비슷한 것을 하느라고 애쓰는 모양은 미소할 수 있는 풍경이었다. 그 중에서도 소설가 H씨는 노래보다도 들어 달라는 청이 많기에 나는 한참 동안 그의 노래를 감상이 아니라 감청하지 않으면 안되었던 것이다. 우선 음은 제대로 잡을 줄 아나, 즉 곡조가 맞나 안맞나가 문제였다. 그보다 앞서 본래 노래를 못 부르는 음치는 아닌가 하는 것을 따져 보았다. 그런데 그 정도는 지난 모양이어서 힘이 들기는 하지만, 제대로 음이 잡히는 것 같았다. 그런데 노래 종류는 모두 묵은 것이었고 대단치 않았다.

이렇게 그날은 서로 내 노래를 들어 달라고 다투어 부르는 바람에 자연히 자리는 떠들썩하게 되었다. 늘 조용하게 앉아서 얌전히 먹던 손님들이 떠들썩하니까 아랫층, 위층으로 다니며 안주를 나르고 있던 주인도 흥이 겨웠는지(주인은 우리와 상당히 가까웠다) 청하지도 않은 노래를 우렁찬 목소리로 부르고 나서는 계속해서 다소 변사조로 "비와부득명(非蛙不得鳴)"이라 개구리가 아니면 울지 않을 것이라는 우화를 이야기하였던 것이다.

우화의 내용을 말하면 다음과 같다.

꾀꼬리와 부엉이와 까마귀 세 놈이 각기 제소리가 좋다고 싸움을 하다가 산중 호랑이에게 판단을 받기로 결정을 하였다. 세 놈이 산중의 호랑이를 찾아가니까 굴 속에서 늙고 걸구가 다된 호랑이가 비틀거리며 나왔다. 세 놈은 안녕하십니까 하고 앞을 다투어 인사를 공손히 하였다. 호랑이는 대관절 어째서들 왔느냐 하고 묻게 되었다. 세 놈은 이제 말씀드리겠습니다. 하고 앞서 자기들의 싸우던 이야기를 하고 또 다시 제 소리가 서로 아름답다고 주장하였던 것이다.

이 사연을 자세히 들은 호랑이는 무슨 이유인지 모르나 오늘은 판단을 내려주지 못하겠다는 것이었다. 또다시 세 놈은 자기들의 노래를 듣고 옳은 판단을 내려달라고 애걸한즉 오늘은 기운이 없고 아프고 기분이 나쁘니 십오 일 후에 다시 오라고 하였다. 세 놈은 기운 없이 함께 돌아가고 있었다.

그 중에 까마귀놈이 가만히 생각을 해 보니 아무리 날고 뛰어도 자기의 노래가 꾀꼬리만은 못한 것을 알았

다. 십오일 후면 보기좋게 지고 말 것을 생각하니 기가
막히었다. 상당히 오래 궁리를 한 끝에 한 가지 간계를
생각하게 되었다. '배가 고픈 호랑이에게 무엇이 필요
하냐 배를 불려 주자'는 것이었다.

그래서 꾀꼬리와 부엉이가 모르는 새 살짝 개구리를
물어다 호랑이에게 주었다. 이 일을 십오일까지 꾸준히
계속하였다. 드디어 십오일은 오고 말았다. 다시 세 놈
은 산중 호랑이를 찾아갔다. 굴 속에서 호랑이는 재판
을 하기 위하여 편편한 들로 나갔다.

"꾀꼬리 소리는 묘하기는 하지만 교활하다는 것이요,
부엉이 소리는 장하기는 하나 슬프다는 것이고, 까마귀
소리는 탁하기는 하지만 웅장하니 까마귀 네가 일등이
라고 하였다"는 것이다.

그래서 '비와부득명'이라는 말이 나왔다고 했다. 이
이야기를 함께 들은 사람들은 너나 없이 박수를 치고
좋아하였고, 소설가 H씨는 이솝우화에도 없는 명우화
라고 떠들었다.

결국 개구리를 먹은 호랑이 이야기로 해서 변변치
못한 노래는 그만 흐지부지 되었는데 개구리 먹은 호랑
이가 없는 탓이었음인지 누구의 노래도 좋고 나쁜 결말
을 보지 못한 채 자리를 일어서고 말았다.

집으로 돌아가는 길에서는 주로 옛이야기에 깊은 진
리가 있다는 것으로 이야기꽃을 피웠다. 그리고 옛날
이야기는 옛이야기에 그치지 않고, 오늘도 모두 산중
늙은 호랑이가 되어서는 어찌 흑백을 가릴 수 있으며

양심과 정의의 길을 찾을 수 있겠는가? 하면서 떠들기에도 기운이 지친 우리들의 주위가 아닌가 싶다며 묵묵히 발걸음을 집으로 옮겼다.

(1953.)

# 처소(處所)

나는 나의 처소(處所)를 아무에게도 알리지 않고 있다. 첩첩이 싼 향이 냄새를 풍기고 말 듯, 한두엇 친구가 감추고 싸두었던 내 처소를 알아냈을 따름이다.

혹시 누가 '집이 어디요' 하고 물을라치면 동네 이름만 대어줄 뿐 집의 위치를 이야기하는 일이 없다. 더구나 '한번 놀러 오세요' 하는 친절한 인사마저 입에 담지를 않는다. 길가에서 우연히 학교 동창생이나 친구들을 만나서 반가운 인사를 나눌 때도 우리 집은 어디에 있으니 놀러 오라는 말 한마디 안하고 남들이 주고받는 말들을 멍청히 부럽게만 여길 뿐이다.

이렇게 집으로 놀러오라는 말 한마디 안하는 나를 보고 어떤 이들은 나를 매몰스럽고 쌀쌀한 사람으로 오해하기 십중팔구다. 이런 오해를 받을지언정 나의 처소를 알리고 싶지 않은 것이 나의 심정이고 보니 내 마음이 좋을 리 없다.

내 성격이 본시 쾌활하고 낙천적이라고 하는데 무엇 때문에 내 처소로 인해 매몰스럽고 쌀쌀한 인간으로 평을 받지 않으면 안되는 것인지….

친구들 중에는 '너의 집에 좀 가보고 싶다', '살림을 어떻게 하나 습격을 할까보다' 하는 사람도 있지만, 이런 경우를 당할 때마다 나는 진땀을 쪽 빼는 것이다.

내가 이렇게 내 처소를 비밀의 커튼 뒤에 두려는 것은 복잡한 일도 아무 것도 없는 단순하고 간단한 일이다.

한마디로 말해서 나는 훌륭하고 호사스런 친구들을 내 보잘 것 없는 나의 처소에 오라고 할 수가 없다.

그들이 우연히 내 처소에 오게 된다면 그들은 예기치 못했던 내 생활을 새롭게 발견이나 했다는 듯이 무슨 말을 먼저 꺼내야 될는지 어리둥절할 것이다.

나는 이런 경우에 어리둥절하는 친구들을 어떠한 방법으로 대접할 것인가. 만일 책을 좋아하는 친구라면 내 책장 속에서 훌륭한 책이 있는가 하고 주의해 볼 것이다. 만일 편안한 안락의자에 몸을 기대고 환담(歡談)을 즐기는 친구라면 편안하게 걸터앉을 의자를 찾을 것이다. 만일 맛있는 음식 솜씨를 찾는 친구라면 깔끔하고 구미가 당기는 음식이 준비되어 있는 다이닝룸으로 안내해야 할 것이다. 만일 음악을 좋아하는 친구라면 은은하게 들을 수 있는 음악을 제공해야 할 것이다. 만일 이런 이야기 저런 이야기 세상 이야기를 떠들다가 춤이라도 추고 싶다면 가벼운 스텝을 밟을 수 있는 적당한 장소가 마련되어야 할 것이다.

그런데 나의 처소에는 이러한 몇 가지의 조건 가운데 한 가지도 갖춘 것이 없다. 좋은 책을 꽂아 놓은 책

장도 없고, 친구들이 편히 앉아서 놀 수 있는 응접실도 없고, 수시로 좋은 음악을 들을 수 있는 전축도 없고, 좋은 요리를 보일 만한 솜씨도 없고, 가벼운 스텝을 밟을 수 있는 공간 또한 없다.

나에게 어떤 한 가지라도 기대하고 왔던 내 친구에게 나는 내 생활은 '이렇게 보잘 것이 없다'고 그야말로 감추려 해도 감출 수 없는 나의 세간의 비참한 상황을 보일 수밖에 없다. 명랑하다는 내가 비참한 표정을 하고 드디어 눈물까지 흘린다면, 내 친구들은 예기치 않았던 처소를 발견했을 때보다 더 놀라운 일을 당하게 될 것이다.

내 처소를 방문한 친구들은 한참 있다가 보통 인사말로 "식구는 몇이냐" 하고 물을 것이다. 그들은 속으로 내 처소의 면적과 그 면적 속에서 생존해야 할 가족의 수효를 알고 싶을 것이다. 내가 만일 식구의 수효를 이야기할라치면 내 친구는 더 크게 눈을 부릅뜨게 될 것이다.

그래서 나는 친구들과 함께 길을 가다가 내가 사는 집 골목이 가까워 오면 주춤거리는 버릇이 생겼고, 무뚝뚝하게 작별 인사를 남긴 채 골목으로 뺑소니를 치는 것이다.

나의 처소를 알리기 싫어하는 것과 마찬가지로 남에게 내 생활 이야기를 하기 싫어한다. 만일 내 생활에 대한 이야기가 화제에 오르게 되면 나는 어물어물 화제를 돌려버린다.

군이 가난하다느니 못 산다느니 하는 말을 내세우는 친구도 많지만 나는 내 심정과 같지 않을 내 친구들에게 구태여 구차한 생활의 이야기를 늘어놓고 싶지 않다.

인간적으로 아무리 가깝다 해도 끼리는 끼리로 살아야 한다고, 생활이 다른 친구의 생활 감정이 내 절박한 심정을 알아차리지도 못할 것을 알기 때문이다.

그러나 나는 내 생활에 대해서 후회한 일이 없다. 나의 현재를 불평하지도 않는다. 내가 지닌 생활이란 숨김없는 내가 살아온 발자취요, 현재 내가 살고 있는 나의 전부, 곧 나를 둘러싼 나의 것이며 그 속에 내가 있어 나 이외의 무엇을 바라지도 않으며 강조하지도 아니하기 때문이다.

군이 탓하고 싶다면 비교적 잘 살아 보겠다고 애쓰는 나에게 현재 내가 지닌 정도의 생활밖에 허락할 수 없다는 사회제도나 그밖에 국가의 살림살이를 맡은 사람들이나 원망할까 그 이상의 불평은 없다.

성실성 있게 살아가도 이 이상 살아갈 수 없는 것이 현실일진대 자기 신분에 넘치는 저택과 생활의 변화를 누리는 사람들의 생활을 부러워 할 것도 없다.

더욱이 여자라는 미명(美名)을 내세우고, 여성이라는 것을 무기로 금력(金力)과 세도자(勢道者)와의 스캔들을 꺼리지 않는 사람들, 그 스캔들이 지나간 뒤에 유물처럼 떨어진 것이 생활의 밑천이 되었다는 구구한 여성계의 구토 이전의 역겨운 일을 합리화시켜 줄 수는 없는 심정이다.

이런 심경이지만 몇몇 친구들 사이에서도 가끔 처소를 화제에 올리기도 한다. 어떤 시인은 금년 꼭 집을 짓는다는 것이며 어떤 여류 소설가도 금년에는 마땅한 주택을 세워야겠다는 것이다.

그러나 처소 문제를 에워싸고 심각해진 것은 일전 박인환(朴寅煥)씨 장례 때였다. 그때는 모두 뜻하지 않은 변을 겪은 사람들처럼 수심에 싸여서

"내가 만일에 죽는다면 나를 보러온 친구들이 어디에 앉아 밤을 새우나?"

하는 것이었다.

내 생전에 나의 처소에 한 번도 찾아오지 않았던 친구들도 나를 찾을 것이다. 나는 나도 없는 내 처소에 찾아온 친구들을 무엇으로 대접할 것인가.

앉을 자리 하나 변변치 않고 발을 뻗을 자리 하나 만만치 않은 내 처소에서 내 친구들은 어떻게 밤을 새우란 말인가 하는 이야기들이었다.

이런 앞으로 닥쳐올 일을 생각할 때 비로소 내 처소의 걱정이 된다.

이런 생각도 할 때뿐 곧 잊어버리고 만다. 장터 같은 소란함 속에서 내 자신에 대하여 생각할 여념이 없으나 가장 번잡한 소음 속에서 외로움을 느낄 수 있는 이런 소란한 환경 속에서 나는 깊은 산사(山寺)에서처럼 호젓한 생각에 잠기는 버릇을 즐긴다.                    (1959.)

# 고목의 계절

고목은 겨울처럼 만물이 동면하는 계절에는 두드러지게 눈에 뜨이지 않는다. 나목들 속에서 유난히 시커먼 모습이 인상깊을 따름이다.

화창한 봄날, 삼라만상이 모두 거듭나기 위하여 움돋기 시작하는데 오로지 고목만은 동맥을 끊은 사람 모양 어둡게 서 있는 것이다. 땅에서 솟구쳐 오르는 흙내음마저 빨아올릴 수 없는 듯 근력이 없는 나무다.

그러나 고목에도 새싹이 돋는다는 말이 있듯이 나무 가지에나 나무 뿌리에 연한 연둣빛 새순이 움트기 시작할 때 고목은 이미 썩은 나무의 인상이 아니고, 다시 새로운 생명을 지니게 된다. 따라서 고목만이 가질 수 있는 운치를 가지게 된다.

고목이 가진 점잖은 태도에 경의를 표하고 싶다. 전설이 서려 있고, 젊은이들이 쉽게 느낄 수 없는 관록같은 것을 묵묵히 담고 있기 때문이다.

나무를 이야기하기 전에 역사와 전통까지도 말해야 되는 수가 많을 게다. 한 동리에 고목이 우람하게 서 있으면 비록 말을 할 수 없는 나무이지만 든든한 것을 느끼게 한다.

고목은 사람들에게 주는 좋은 인상 못지 않게 새와 매미, 조류에게도 좋은 은덕을 베풀어 준다.

여름날 무더울 때 진종일 앉아서 울어댈 수 있으며 깊은 나뭇가지 사이에 깃을 들일 수도 있다.

고목과 함께 고옥을 생각하고 싶다. 오래오래 살던 집 이야기다. 증손, 고손 그보다 더 오랜 세대가 살아 오던 집이다. 덕수궁이나 경복궁 같은 고적이 되어 가는 집도 가옥에 속할 수 있다.

고옥은 요즈음 새로 짓는 문화주택이나 하꼬방에 비하면 본질적으로 지우들의 건축의 용도가 다르다. 따라서 옛 사람들의 생각하는 것, 일하는 태도를 알아 볼 수 있다.

원자탄이라든지 수소탄 같은 무기 이야기가 안 나왔고, 명일의 불안과 공포가 없었던 천하태평 시대라서 그런지 불필요하리라고 생각하는 부분에까지 무서운 정력을 쏟아 숨은 장점이 있고 귀하게 여겨지는 소치도 된다.

또한 고옥이 주택으로서 생활하기 좋은 점도 한두 가지가 아니다. 눈보라 치는 추운 겨울이라도 집 속에 들어 앉았으면 내의를 끼어입지 않고 겉저고리 바람이라도 따뜻하다. 그리고 여름철엔 집안이 시원해서 세월이 흐르는 줄을 모를 정도다.

고옥 중에서도 집의 높이와 지붕 두께가 어상반하게 같은 초가집의 가다듬은 풍경이란 주인의 부지런하고 청결한 솜씨가 아름답게까지 느껴진다.

고목과 고옥은 서로 맞설 수 있는 상대다.

고옥이 하나의 생명이 있는 인간이라면—여보 우리가 처음에 새로 지어지고 심어질 무렵이 생각나느냐는—회고담도 있을 수 있을 것이다. 나무가 자라는 동안의 모든 쓰라린 풍파를 겪은 대로 이야기할 수 있을 게다. 그리고 요즈음 사람들이 이러쿵저러쿵 하는 데 관한 이야기가 있을 게다.

그리고 앞날의 불안과 희망을 더불어 추측하는 이야기를 할 수도 있을 게다.

그런데 고옥의 한 가지 염려되는 것은 새 집보다 손이 많이 가는 점이다. 봄 가을 청명한 날씨를 택해서 흙칠도 해야 되고 도배도 해야 된다. 집이나 모든 물건에 대한 가축이 제일이지만 오래되고 헌 물건일수록 조심조심 건사를 잘 해야 된다. 가축을 게을리한 나머지 창과 벽은 썩어서 방 속이 동굴 같고 장판이 헐어서 먼지가 풀석풀석 일어나는 방이란 이미 고옥이 아니라 폐가이다.

고목도 화창한 봄날을 맞아 새순이 움돋지 않는다면 고목의 처량한 신세를 면치 못할 것이다. 고목도 고옥과 마찬가지로 오랜 생명과 운치를 유지하게 하려면 쉴 새 없는 손질이 필요하다.

뿌리 근처에 해충이라도 꾀이지 않는가, 혹시 나무의 생명을 저해시키는 손장난이라도 닿지 않는가 늘 염려해야 할 것이다.

한 그루의 나무와 한 채의 집에까지 이처럼 손이 가야 하는 것이거늘 생각하는 인간이야 더 말해 무엇하랴.

더욱이 새로운 세대로의 생명의 연장을 감사해야 하는 고목이 된 인간들이야말로 자기 편달을 항상 그치지 않아야 된다. 지식의 새 옷을 장만해두어야 하며, 자기가 알고 있는 지(知)의 세계만이 제일이라는 유아독존격인 관념이 무서운 해충이라는 것도 알아야 한다.

(1954.)

# 양산

　'파라솔'의 어원을 생각하면서 양산을 바라다보면 재미가 있다.

　'파라'는 저항한다는 말이요, '솔'은 태양이라는 뜻이라 한다. 파라솔의 어원이 희랍과 라틴이라는 것으로 보아 옛부터 파라솔은 있었고, 여성들은 파라솔을 애용한 것임에 틀림없다.

　무기치고는 확실히 아름다운 무기라 할 수 있다.

　태양까지도 무서워하던 약한 여성들의 무기는 오늘날 여하한 것도 무서워하지 않는 여성의 생활도구로 변했다고 볼 수 있다.

　수공업적인 파라솔은 대량생산적인 파라솔로 변했고, 이에 따라 파라솔을 애용하던 여성들의 위치도 변천하여 남자들과 함께 생활전선에 뛰어든 여성들의 파라솔이 되었다.

　이렇게 파라솔의 역사를 더듬어 보면서 그 모습을 생각하게 된다.

　오색이 영롱하게 아롱진 바탕, 배색의 조화가 알맞은 은은한 바탕이 있는가 하면 그 모양이 한결 같지가 않다. 양산의 바탕과 모양 뿐 아니라, 손잡이가 또한 가지각색이다. 구부러진 것, 둥근 것 등.

양산이 좋고 나쁜 것은 바탕이 지닌 색채도 중요하지만 양산살이 좋아야 되고, 손잡이에 운치가 있어야 한다. 양산살에서부터 양산의 모양이 결정되는 것이다. 그리고 사람으로 치면 윤곽이 뚜렷하다라든지 골격이 좋다는 이야기와 같다. 살이 너무 헤벌어지고 힘이 없는 것은 멋이 없어 보인다. 옴폭하면서 탄탄한 탄력이 있을수록 좋다.

요즈음 거리에서 흔하게 돌아다니는 양산들은 대부분 마음이 당기지 않는다. 양산의 개성이 하나하나 뚜렷하지 못하고 이 사람이 가진 것이나 저 사람의 것이나 대동소이하다.

이런 점은 비단 여성들의 양산만 그렇다고 할 수도 없다. 남성들의 넥타이 같은 물건에도 적용될 수 있다.

완전히 우리 나라 여성이나 남성들의 취미와 교양을 무시하고 있는 감이 든다.

넥타이만 하더라도 어쩌면 그렇게 비슷한 색깔의 종류를 쇼윈도우마다 내걸었는지 모르겠다. 그것도 '15전에 두 가지요' 하는 야시장이라면 몰라도 서울의 큰 상점이라고 뽐내는 곳에서 말이다.

나는 쇼윈도우에 내걸은 넥타이를 유심히 들여다보는 버릇이 있는데 하나도 나의 발길을 멈추게 하는 것이 없다.

모두 천박하다. 하루아침에 졸부가 되었다는 사람이

매고 나올 것들이다.

이런 것을 한 보따리씩 갖다가 이익을 보는 사람은 좋을지 모르지만, 피해를 입는 것은 우리 나라 남성이다. 이런 종류의 피해란, 콜레라균이 들어 왔다는 것처럼 직접 생명을 위협하는 위험은 아니지만 남성의 교양과 양식을 저하시키는 의미에서 작은 피해는 아니다.

여자들이 쓰는 양산도 마찬가지다. 의상이 인간의 피부를 보호하기 위해 입게 되었듯이 양산은 자외선을 막아내는 무기이다. 의상이 아름다운 요소를 잊어버릴 수 없듯이 양산도 아무렇게나 생겨서는 안될 것 같다. 여자들이 가진 모든 장식품들처럼 하나의 매력을 **빼놓을** 수는 없다고 생각한다. 여자들 가슴에 단 단추 하나가 의상의 색깔과 어울리듯이 양산도 하나의 조화를 가져와야 한다.

이러한 양산을 아직껏 우리 손으로 만들어 내지 못하는데도 책임은 있다고 본다.

모시 치마에 모시 적삼을 입은 여인에게 어울리는 양산이 있고, 가벼운 양장을 한 모던한 젊은 여성에게 맞는 양산이 있듯이 여러 사람의 의상과 개성에 따라서 맵시와 색깔이 달라져야 할 것 같다.

일본여자들의 옷을 연상시키는 양산을 전부 들고 다니게 하는 것은 확실히 섭섭한 일이다.

이 중에서도 내 양산은 더욱 보잘 것이 없다. 하지만 바탕이 가진 배색의 조화나 양산살이 넓게 퍼진 것이 내 비위에 꼭 안맞는다. 또한 손잡이도 들고 다니기가 거북할 정도로 짧은 것이. 그런데 꼭지가 부러져서 잡을 때마다 못마땅하다. 어느 날 손잡이를 하나 멋진 것으로 산다고 하면서 그날그날 보내고 있다.

이러한 것을 생각하는 동안 양산은 늙어 버렸다. 때가 꾀죄죄 묻었는가 하면 색이 바래서 전날의 화려한 모습을 찾기 힘들다. 제일 먼저 양산꼭지 근처가 부스러지는 것처럼 해지기 시작하더니, 양산 살에 잡아맨 근처가 또 시원치 않아진다. 색이 바랬고 뼈대도 시원치 않아진다.

여름 내내 무던히 고생을 하는 내 양산이다. 그러나 내게는 무한한 애착을 느끼게 하는 양산이다.

하이칼라 여인에게 태어났으면 바깥출입할 때나 잠자리날개같이 펼쳐들 정도로 그쳤을 것인데 나에게로 와서 하루도 빠지지 않고 아침부터 해가 넘어갈 때까지 하루도 몇 차례씩 폈다 닫았다 한다. 양산도 할 노릇이 아니다. 일 많은 집 며느리나 머슴으로 태어난 격이라 할까.

그러나 그 뿐이면 좋겠는데 종종 다방이고 음식점에다 까맣게 잊어버리고 다니는 것이 또한 양산에게는 못할 노릇이다. 한참 정신없이 가다가 양산을 생각하고 다시 뛰어가서 만났을 때 기쁨 속에서 양산 손잡이를 잡으며 저으기 안심이 되는, 이것은 양산과 나와 쌓아가는 정이기도 하다. 어떤 때는 사람보다 낫게 생각할 때도 있다. 묵묵히 서로 대하고만 있어도 말벗이 되는 듯 싶고 나를 위로해 주는 듯도 싶다.

보잘 것 없고 초라한 내 양산이지만, 뜨거운 햇빛에 받치고 나갈라치면 무서울 것이 하나도 없다. 양산대가 마음의 기둥같이 힘있게 느껴지기도 한다. 아스팔트가 지글지글 끓는 뜨거운 여름에도 나의 양산이 있기에 나는 거리낄 것 없이 곧잘 다닌다.

　나에게는 양산이 하나의 모양도 장식도 아니다. 태양을 막아내기 위한 무기요, 더위 속에서 나를 구하는 기사도 된다.

(1950.)

# 모르는 사람들을 위하여

　미국인 R씨와 우리 나라 문학인 몇 사람이 저녁식사를 할 기회가 있었다. R씨는 미 고위층에 속하는 분이고, 주로 우리 나라를 돕기 위한 사명을 띠고 와 있는 분이다. 그는 우리 나라에 와서 여러 사람을 만났는데 대부분 교육을 받은 지식인을 돕겠다는 사람은 많아도 아무 것도 모르는 사람을 돕겠다는 사람은 없었다고 했다.

　나는 그가 뜻없이 하는 말이었지만 웬일인지 이렇다 할 대답을 하지 못할 정도로 부끄러움을 느꼈고, 그 후에도 그의 말을 잊지 않고 곰곰이 생각하곤 한다. 따라서 아무 것도 모르는 사람들을 연상하니까 얼마 전에 다녀온 고향의 모습이 눈에 선해진다.

　밭고랑에 무 밑동이 허옇게 나온 때니까 김장철이 다가온 때였고 논밭에 곡식을 거둔 후였다.

　고향마을에 돌아가도 어릴 때 지내던 동무는 모두 출가해서 만나보기 어렵고 아직 돌아가시지 않은 노인들이 반겨 줄 뿐 적적함을 지나쳐 심심하기까지 한 형편이다. 그러나 나는 이 집 저 집 기웃거리면서 마을을 다녀본다. 어떻게 살림살이가 나아졌는가 하는 생각에 부엌도 기웃거려 보고 안방에 들어가 이야기도 나눈다. 그들은 내가 고향을 떠날 때 살던 집에서 그대로 살고 있다. 그때나 마찬가지로 아직도 마루를 놓지 못하였고 장판도 하지 못한 채 살고 있었다. 부엌 등판 위에는 사발과 뚝배기를 몇 개 엎어 놓고 흙 부뚜막도 그대로 다.

그때나 지금이나 변함없이 살아 왔다고 칭찬을 하여야 옳은지 어떻게 이렇게도 잘 살 줄을 모르는가 나무래야 옳을지 묵묵히 아무 말 없이 그 집을 나오고 만다. 궁핍한 살림살이에 늘어가는 것은 미신이다. 몸이 떨리고 아프면 병원 의사를 찾기보다 앞서 무당과 점쟁이를 찾고 푸닥거리를 한다.

이러한 생활실정과 미국인 R씨의 말과 결부시켜 본다. 아무 것도 모르는 사람을 위해서 무엇을 해보겠다는 사람이 적다는 말이다. 그리고 보니까 아무 것도 모르는 사람을 위해서 무엇을 해보겠다는 사람이 오늘날만 없는 것이 아닌 모양이다.

어제도 그랬고, 그저께도 그랬고, 10년 전도 20년 전에도 그랬던 모양이다. 상식이나 지식이 없는 사람들은 늘 아무 것도 모르는 대로 살다가 죽어가게 마련인 것 같다. 자각이나 의욕이 있어야 정신을 차리고 죽더라도 한번 노력을 해 보다가 죽으련만 아무 것도 모르니 테두리를 벗어나지 못하는 습관과 생활 속에서 살다가 죽게 마련이다.

소 같은 생활이다. 죽도록 일만 하다가 사람들에게 맛있는 고기를 제공하는 소 같은 생활이다.

아는 사람이 모르는 사람들을 위해서 일하는 방법에 있어서 신문 삼면 기사를 장식하는 미담에 속하는 이야기를 가지고는 힘들 것이다. 한 청년이, 한 여성이 아무 것도 모르는 사람들을 위해서 희생적인 사업을 하였다고 해서 전반적인 문제가 해결되지는 않을 것이다. 이러한 미담에 속하는 사업은 어느 시대이고 어느 해이고 간에 있었던 것이다. 일제의 지배 밑에서는 미담적인 현상으로나마 아는 사람이 모르는 사람을 위하는 일이 곳곳에서 있어왔지만 지금은 그런 정도로는 해결이 안된다.

범국가적인 정책을 세워서 지속적으로 추진해야 할 것이다. 모르는 국민이 아는 국민이 되도록 깨우쳐줄 시책. 국민이 무식하면 국민 그들의 손해도 크지만 국가와 민족에게 손해가 크게 돌아온다. 심포니 같은 화음을 요구하려면 한 사람 한 사람이 무식해서는 안 된다. 지휘봉을 들면 알아들을 줄 아는 국민이어야 한다. 그래서 모르는 사람들의 생활과 생계가 달라져야 된다. 좀더 인간다운 생활로 전환시켜야 된다.

그래서 우리가 간혹 고향에 돌아가도 좀 발전했고 외국 갔던 사람들이 고국에 돌아와도 좀 달라졌다는 느낌이 있어야 재미도 있고 살맛도 날 것이 아닌가 생각한다.

우리 나라에 종종 왕래하는 외국 손님을 보고 우리

나라의 첫인상은 어떻습니까? 하고 물으면 대부분 맑은 공기와 산수가 좋다고 대답한다. 물론 오래 머물러 있지 않았기 때문에 그렇겠지만 공기 산수 외에 좋은 점을 인상에 남게 하여야 한다. 늘 자랑의 밑천이 고향의 맑은 공기요, 늘 고국의 금수강산만 늘어놓겠다는 생각을 고쳐가야 할 줄 안다.

(1952.)

# 속이는 이야기

　인생을 표현할 때에 속이고 속는 인생이라고 한다. 진실인 줄 알고 믿었던 길이 의외로 속는 일이 많고 속거니 생각하고 허망되게 여기던 일에서 진실을 찾을 수도 있다.

　이렇듯 인생이란 속이고 속고 하는 가운데 흘러가기도 한다.

　4월 1일은 만우절이라고 해서 이러한 인생의 희비극을 단 하루에 단축시키는 날이라고 할 수 있다. 아침부터 사람들은 어떻게 교묘한 방법으로 깨끗하게 속일 수 있을까를 궁리한다. 어떻게 멋지게 속아 떨어지는가를 연구한다.

　그런데 나는 상대를 멋지게 속여 넘기는 것보다 거짓말을 할 수 있는 날이라는 것을 계기로 진실을 이야기하고 싶은 충동을 받는다.

　K선생은 할아버지라고 불러도 실례가 되지 않을 정도로 나이가 많은 남성이다. 남성이라기보다 선생님이라고 생각하고 싶다. 그는 나뿐 아니라 아는 친구들에게 곧잘 우리 애인이라는 말을 자주 쓴다. 그때마다 한

자리에 앉았던 여러 남성 친구 여성 친구들은 죄없는 웃음을 웃는 것이었다. 여러 사람 앞에서 오만가지 우스운 이야기를 하더라도 얼굴의 구김살 하나 색깔 하나 변하지 않고 천연덕스럽게 웃음을 웃음으로 받아 넘기려는 것이 나의 수양이기도 하다. 농도 한번 아니고 두번 세 번 그것도 따뜻한 친밀감을 섞어서 하는 경우에는 긴장과 태연을 일삼는 나의 마음에도 파문을 일으키지 않을 수 없다.

여러 사람들이 모여 있는 자리에서 늘 우리 애인 애인 하는 것으로만 그치지 않고 어느 날 K선생은 4월 1일 만우절이 되려면 아직도 먼 어느 눈오는 날인데 나하고 단둘이서 저녁이라도 나누면서 오래오래 이야기가 하고 싶다는 의사를 표시하는 것이었다. 아무리 존경하는 K선생이라 하더라도 농으로만 넘겨 버리다가 별안간 진실한 고백에 부딪치게 된 나는 몸둘 바를 몰랐다. 진실한 감정이라면 잔인하게 밟아버릴 수도 없는 일이었고 유리그릇같이 깨질 듯 위험하게도 여겨졌다.

나는 "네 네!" 하면서 무거운 시선 속에서 헤어날 수가 있었다. 그러나 그후 나는 늘 마음속으로 인생의 황혼을 지내려는 K선생의 초조로운 모습을 안타깝게 생각 아니할 수 없어서 있는 그대로의 나를 전부 바쳐서 원을 풀어주고 싶은 충동을 느끼기도 한다.

나는 오늘도 자기 사무실에 초조하게 앉아서 유리창 너머 먼 하늘을 멀거니 내다보고 앉아 있을 K선생을 찾아가서 K선생을 우선 사무실 밖으로 모시고 나오련

다. 그다음 나는 K선생이 조용히 저녁이라도 먹고 싶
다는 소원쯤은 물론, 그보다 더 좋아하실 수많은 사랑
의 대화를 쏘알거릴 참이다.

"선생님의 사랑이 진정이신가요"

"⋯⋯."

K선생님은 말보다도 **빠른** 시선으로 즐겁게 대답하시
리라.

나는 K선생이 안심하고 인생의 황혼의 종장을 멋지
게 회상할 수 있는 자료를 만들어 드릴 참이다. 4월 1
일에 만우절(萬愚節)이라는 속일 수 있는 날이 있는 것
을 다행으로 생각하는 것이다.

속인다는 것은 꼭 나쁜 것 같이만 되어 있지만 우리
는 상대를 살짝 모르게 속여 놓고 자기 혼자만 괴로워
하는 남모르는 미담 속에서 하루 하루를 살고 있기도
하다.

(1955.)

# 소크라테스의 독배

나는 죽음을 생각하면 소크라테스의 최후가 떠오른다. 그가 독을 마시고 죽었다는 사실은 알고 있었지만 구체적으로 어떻게 죽었는지는 몰랐다. 그런데 우연히 철학 이야기를 읽다가 본 플라톤의 글에 소크라테스가 죽을 당시의 상황을 자세히 묘사한 부분이 있었다.

세상을 떠날 당시 소크라테스의 나이 일흔이었고, 플라톤은 스물여덟이었다. 감옥에 감금되어 있던 소크라테스를 탈옥시키기 위해 그의 친구들은 간수를 매수했으나 당사자인 소크라테스는 탈옥을 거부했다. 그는 오히려 슬픔에 잠겨 있는 친구들을 위로하고 지금이야말로 자신이 죽음을 선택할 수 있는 적당한 시기이며, 지금 죽는다 해도 내 육체가 땅에 묻히기는 마찬가지라고 말했다. 그리고 독이 준비되었으면 어서 가져오라고 했다.

이윽고 간수가 독약을 들고 오자 소크라테스는 그에게 물었다.

"자네는 이런 일에 익숙할 테니 내가 어떻게 하는 것이 좋은지 말해 주게."

그러자 간수가 대답했다.

"독을 마신 다음 다리가 무거워질 때까지 걷다가 옆으로 누우십시오. 그럼 독이 잘 듣습니다."

"이 세상에서 저 세상으로 여행을 잘할 수 있도록 기도를 올리지 않으면 안 되네. 내 소원은 이것뿐일세."

이렇게 말한 그는 말을 마치자마자 거리낌없이 독약을 마셔 버렸다. 이때 소크라테스의 제자들은 통곡을 하며 몸부림쳤다. 이 광경을 본 그는 조용히 말했다.

"이래서 여자들이 이 자리에 오지 못하도록 했다. 남자는 조용히 죽어가는 것이다."

소크라테스는 간수의 말대로 걷기 시작했다. 마침내 다리가 말을 듣지 않자 그는 반듯이 누웠다. 그에게 독약을 갖다 준 간수는 독이 온몸에 퍼져서 몸이 굳어졌는가를 조사했다.

"독이 심장까지 오면 마지막이라지?"

이 말을 최후로 그는 세상을 떠났다.

이 글을 읽은 나는 새삼 그가 얼마나 거대한 인물인지 알 수 있었다. 죽음에 대한 그의 신념은 육체가 세상을 떠나는 것뿐이라는 것이었고, 그래서 그는 삶과 죽음의 경계를 그처럼 태연히 넘은 것이다. 그리고 그가 세상을 떠난 지 399년이 지난 뒤에 그리스도가 탄생했다. 그리스도는 서른세 살에 십자가에 못박히는 극형을 받고 최후를 마쳤다.

십자가에 못박히게 예정된 그리스도는 가능하면 이 고통을 면하게 해달라고 하나님께 호소했지만 결국은 하나님의 뜻에 복종하겠다고 말했다.

지난 역사를 살펴보면 생사를 초월한 위인들의 장엄한 죽음을 볼 수 있다. 한 알의 밀알이 썩어서 새로운 밀을 탄생시키는 것처럼 그들의 죽음이 우리의 생명으로 이어진 것이라고 할 수 있을 것이다. 그들의 육신은 생명이 다했지만 그들의 정신은 오늘까지 살아남아 우리에게 삶의 길을 제시해 주고 있다. 그들이 모두 자기가 살 길만을 찾아나섰다면 우리에게 깨달음을 줄 수 없었을 것이다.

하루하루 사는 것이 결국 죽음의 문으로 한 발자국씩 다가서는 셈인 우리 인간은 매일매일 정신을 함양시킴으로써 어제와는 다른, 좀더 나은 내일을 만들 수도 있다. 죽음에 이르러서야 뉘우침의 눈물을 흘리는 어리석음을 범하지 말고 하루라도 빨리 자신의 잘못을 반성하고 고쳐서 좀더 맑고 밝은 자신을 가꿀 수는 없을까?

죽을 고비라는 것은 죽음의 경고장 비슷한 것이 닥쳐오는 것을 말한다. 하지만 가만히 생각해 보면 죽을 고비가 아무 이유 없이 오는 것이 아니라 자기 자신이 저지른 잘못이 원인이 되어 닥치는 것이라는 사실을 알 수 있다. 그럴 때 사람은 그 원인을 자신에게서 찾지 않고 남에게서 찾으려는 경우가 많다.

이런 생각은 다분히 심리적인 최면 같은 것인지도 모른다. 다시 말해 죽을 고비를 당했을 때 이런 위기를 맞는 것은 단순히 내 탓이고, 그런 만큼 이 고통을 마땅히 받아들여야 할 것으로 생각하면 한결 마음이 편해지면서 동시에 고통이나 고비를 이겨내는 힘이 생긴다는 말이다.

사람이 죽는 순간 가지는 마음가짐도 중요하다. 죽을 고비를 맞거나 죽음 직전에 처해 있는 사람은 대개 공포에 사로잡힐 것이다. 이것은 인지상정이다. 그러나 살아 있는 동안 충분히 죽음을 준비한 사람에게는 죽는다는 사실이 그리 무서울 것도 중요할 것도 없는 문제일 것이다. 우리 조상들도 죽음에 대한 채비를 많이 했다. 죽음을 목전에 둔 부모를 위해 수의를 마련해 둔다든지, 관을 미리 맞춰 놓는다든지, 산소를 정해 가묘를 만들어 둔다든지 했던 것이다.

이런 과정을 통해 죽음을 맞을 사람은 죽음이 몸을 바꾸는 하나의 절차이고, 새로 나기 위한 의식이며, 원래의 상태로 회귀하는 것이라는 인식에 도달함으로써 죽음을 연습하고 배우게 되는 것이다. 이런 연습은 사람으로 하여금 죽음의 공포에서 벗어나게 하면서 아울러 삶의 지혜와 용기를 배우게 한다.

불경인 「중아함경」에 나오는 "네 명의 아내를 거느린 장자의 이야기"에서는 죽음을 여행의 길로 은유하여 표현하고 있다. 이와 같이 죽음은 여행일 뿐이다. 소크라테스가 독배를 마신 것도, 큰스님들의 열반도, 넓게 보아 그리스도의 죽음 역시 이 인식의 연장선상에 있는 것이다.

죽음이란 우리가 평소에 전부라고 알고 있는 일상생

활과 완전히 단절되는 것을 의미한다. 이 모든 가시적인 세계와의 교류가 끊어지는 것이다. 그러나 그것이 생명의 단절을 의미하는 것은 아니다. 이 세상과 단절된다고 해서 생명 자체가 사라지지는 않는다. 그래서 그리스도나 소크라테스가 죽음 앞에서 그토록 의연할 수 있었던 것이다. 그리고 우리가 알지 못하는 많은 범인(凡人)들 중에도 그런 이가 있었을 것이고, 그런 이는 자신의 삶을 알차고 후회 없이 산 사람들이었을 것이다.

(1994.)

# 유럽의 강

강은 역사를 삼키고 묵묵히 흐르며 새로운 역사를 창조한다. 산이 없는 도시는 있어도 강이 없는 도시는 없다. 강만은 개인이 샀다는 말을 들어보지 못했다. 런던의 템즈, 아일랜드의 리버 리피, 독일의 라인, 오스트리아의 도나우, 로마의 데베레, 파리의 세느 등 나라마다 사람들은 강을 따라 살았고 강을 따라 발전해 왔다. 강은 수운(水運)의 중요한 소임을 해왔다.

강은 어느 성보다도 더 튼튼하게 손질이 되었으며, 강에는 마치 생각날 때마다 다리를 놓은 것처럼 다리도 많다. 파리의 세느 강에는 16~17세기에 처음 놓았다는 퐁네프 이후 32개의 가지각색의 다리가 그때그때의 역사의 상징처럼 놓여져 있다.

런던에 도착한 이튿날이 바로 일요일이라서 거리에 나갔어도 차 한 잔 파는 곳이 없었다. 아침 11시가 되어야 문을 연다고 한다. 이때 생각해 낸 것이 'Kew Pier'라는 유람선을 타고 템즈 강놀이를 하는 것이었다. 템즈 강에서 런던을 한번 바라다보고도 싶고, 템즈 강의 물빛도 가까이 가서 바라보고 싶은 생각에서였다.

배는 국회의사당이 있는 웨스트민스터 다리 바로 아래서 타게 되어 있었다. 국회의사당에서 런던 타워가 있는 곳까지 올라갔다 다시 돌아오는 코스였는데, 강물은 푸르지가 않았다. 런던의 건물과 하늘빛처럼 침침한 색이었다. 또한 그 전날이 주말이었던 탓에 강물에는 사람들이 버린 술병과 나무조각들이 떠다니고 있었다. 태양을 쬐고 있는 시민들이 강변마다 눈에 띄었고 보트를 즐기는 풍경을 볼 수 있었다.

이미 녹음된 안내원의 음성은 강변의 역사를 설명한다. 테이트 캬라리니와 오스카 와일드가 가끔 와서 글을 썼다는 빌라, 눈 깜짝할 사이에 스쳐 지나가는 다리들, 국회의사당, 런던 타워 등이 모두 템즈 강변에 있었다.

16세기 이후 빨간 유니폼을 입은 40명의 수위가 지키고 있는 런던 타워는 지금은 관광자원이 되어 있지만, 영국 사람의 참혹한 사건의 집결지라 할 수 있다.

이 성은 8백 년전 영국을 지배한 노르망디공 윌리엄왕의 통치의 거점으로 세워졌다. 그보다 앞서 로마시대의 축성법이 단편적으로 남아 있는 흔적은 로마의 율리우스 케사르가 쳐들어와서 이 탑을 진지로 삼은 때가 있었는데, 그때가 이 탑의 시작이라고 한다. 또 중세 전반기에는 이 강으로 침입한 북부 지방의 바이킹을 막는 중요한 방어지였다고 한다. 그러나 런던 타워는 1078년 정복왕 윌리엄이 축성가인 그란돌프에 의뢰해서 지었고 공사는 12세기까지 계속되었다고 한다. 런던 타워는 그 시대 시대마다 지배자들이 진을 친 영국 역사의 상징으로서, 런던 타워의 열쇠를 쥔 사람이 영국을 지배했다고 할 수 있다.

런던 타워 안에는 많은 탑과 건물이 있지만 그 중에서 퀸스하우스는 헨리 8세의 두번째 부인인 앤이 간혀 있다가 처형된(1536년) 곳이다.

앤왕비는 자유분방하고 정열적인 여성이었던 모양이다. 그녀는 후일 헨리 8세의 손에 죽어갔지만, 헨리 8세가 앤과 결혼하기 위해 첫번째 부인 캐더린과 이혼하게 된 사건은 단순한 이혼으로 그치지 않고, 교황과의 종교 정쟁(政爭)을 일으켰고 끝내는 영국적 종교개혁을 일으키게 했다. 「유토피아」를 쓴 토머스 모어(Thomuas More) 같은 사람은 교황과 헨리 8세 사이에 끼여 반역죄로 몰려서 죽었고, 엘리자베스 여왕(1세)도 한때 투옥되었던 곳이다.

이 탑 속에는 대관식 때 사용하는 왕관과 보석이 보관, 진열되어 관광객에게 관람을 시키고 있다.

런던 타워와 같은 남쪽 방향으로 의회정치를 시작한지 676년이라는 긴 역사와 전통에 빛나는 빅토리아 타워와 시계탑이 있는 국회의사당 건물이 보인다.

한때 오대양을 지배했던 대영제국의 화려했던 역사의 전당도 지금 수리에 바쁜 듯 부산하다.

런던의 템즈 강을 남성적이라고 한다면 파리의 세느 강은 여성적인 아름다움을 지녔다 할까. 세느에 걸려 있는 다리 수만 해도 서른둘. 그 종류와 역사도 가지가

지다. 16~17세기에 만들었다는 고색 짙은 것, 나폴레옹 1세의 도시계획에 의해 세워진 것, 왕정복고시대 것, 나폴레옹 3세의 제2제정기, 3공화제 치하에 된 것, 그 중에서 제일 화려하고 큰 다리가 알렉산더 3세 다리다.

파리 박람회 때 러시아 황제 니콜라이 2세가 초석을 놨다는 것도 화제가 되어 있고, 이 다리를 여러 번 내왕해도 그때마다 새로운 파리를 느끼게 한다.

루브르와 학사원을 연결한 예술의 다리 노트르담도 정면에서 보는 것보다 세느 강 건너편 오른쪽 강변에서 보든지 뒤에서 보아야 아름답다고 해서 그 자리를 찾아가 본다.

파리는 세느 강을 가운데 두고, 오른쪽은 돈을 쓰는 곳, 왼쪽지대는 머리를 쓰는 곳으로 발달 상황이 다르다는 것이다. 오른쪽 하류를 향해서 첫째 샹제리제 대로, 상토노레, 몽마르트, 배갸르 등이 환락가와 장사로 바쁜 지대들이고, 왼쪽은 학생의 거리, 라틴쿼터, 파리대학 각 학부, 학사원, 상원국민의회, 상제르망 데퓨레 등 이름만 듣고도 알 수 있는 지적 활동과 행정의 중심이 되어 있다.

그레넬교 옆에는 자유의 여신상이 온화한 표정으로 파리 시민의 자유를 지키고 있고 원경으로 보는 에펠의 아름다움은 세느 강의 물줄기와 함께 영원히 남아 있는 성싶다.

세느 강에 첫번째 놓인 퐁네프로부터 근 4백 년의

세월이 흘렀지만 파리는 아직도 현대 도시로서의 면모와 미의 도시로, 또다시 장래의 파리를 위해서 미래적 도시계획이 되어 있는 것을 볼 수 있다.

로마가 하루아침에 되지 않았다는 것처럼 유럽의 각 도시는 서로 경쟁이나 하는 듯 나라 나라가 특색있게 기름진 땅의 수목처럼 아름다운 건축으로 도시를 만들었다.

파리는 거리거리의 골목, 공원의 숲속, 건물의 정원에 프랑스를 위해 기여한 작가와 사상가와 위인들의 동상 조각을 만들어 후세 사람들에게 매일매일 기억을 새롭게 하기를 잊지 않고 있다.

파리의 상징과 같은 개선문도 나폴레옹이 시작을 했고, 그 시대에 그 방대한 12통의 방사선 도로를 시작했지만 그 후 수십 년이 걸려서 완성했다고 하는 것을 보면 옳은 국가 사업은 어느 누가 시작했든지 계승되어야 하며, 훌륭한 끝을 보아야 한다는 교훈을 준다. 세느 강 위에도 밤을 낮으로 '파토 무슈'라는 유람선이 강 위에서 파리를 관람시키고 있다.

그밖에 아일랜드 수도 더블린을 흐르고 있는 리버 리피는 아일랜드의 역사와 함께 수난의 이력을 지니고 있다. 지배국으로부터 독립을 찾기 위해 투쟁하다 쓰러진 아일랜드인들의 피처럼 더블린 시 교외로 나가면 붉은색의 강물이 흐르는 곳도 있었다. 리피 강에 걸쳐 있는 오코넬 다리는 독립 영웅을 기념하는 대표적 다리이며 가까운 네거리에는 오코넬의 동상이 더블린 시를 내려다보고 있다.

3천5백 리나 된다는 크고 긴 라인강은 스위스의 알프스 산정에서 시작 오스트리아, 프랑스, 네덜란드 등 6개국을 흐르고, 흐르는 하나의 강줄기가 독일 땅에서 제일 커져서 라인강의 기적이라는 말로 유명한 오늘날 독일 재건의 기적을 낳게 했다.

강은 기적을 남길 수 있는 많은 자원과 원동력을 지니고 있다. 다만 누가 자연으로서 감사할 수 있는 강을 인간생활에까지 스며들게 손질하느냐에 그 강의 가치가 달려 있다.

아를 강을 안고 발전한 베른, 저네브의 레망 호수와 합류하는 론 강, 7백 개의 다리로 도시를 이룬 암스테르담 강과 운하, 이런 모든 유럽의 강들은 흐르는 강물처럼 힘찬 선조들의 업적을 느끼게 하고 있다. 유럽인들은 바다와 싸웠고, 강을 다스렸다. 가정의 수도꼭지에서 흐르는 물도 어느 의미에서 강물의 일부라면 이런 물도 강물처럼 다스림을 받았다.

강의 아름다움, 즐거움, 깊이, 이런 것을 전부 지키고 더 아름다움을 가미시켜 시민생활에 이바지한 강들. 런던에서는 제2차 대전이 끝나자 살벌해진 국민의 정서생활을 위해 바로 템즈 강변에 로열 페스티벌 홀을 지었고 파리에서는 세느강 옆에 현대미술관을 지었다는 것이다.

(1994.)

**3.**

양지와 그늘

# 지푸라기의 철학

물에 빠진 사람은 지푸라기라도 잡으려 한다는 말이 있다. 지푸라기가 구원을 주는 것은 아니지만 무엇엔가 의지하려는 심상을 말한 것이다.

지푸라기라도 잡으려고 허위적거리다가 드디어는 기운이 다 빠지고, 죽을 지경까지 이르른 반 시체로 어느 암초에 걸치게 된 인간을 생각하고 싶다.

죽어가는 사람은 살겠다고 얼마나 발버둥쳤겠는가. 살기 위해서 얼마나 고생을 했겠는가. 그러나 그의 살 겠다고 고함을 친 목소리도 그의 안간힘도 그를 구원하지는 못하였고, 죽음 속에서 떠내려가다 걸쳐진 암초 때문에 간신히 생명을 유지하게 되었다 하겠다.

죽으려는 사람이 지푸라기라도 잡으려는 그 심상을 나무랄 수가 없다. 누구나 그런 고뇌의 순간은 있는 것이고, 그 고뇌가 지속하는 상황 속에서 몸부림치는 것은 당연하기 때문이다.

지푸라기를 잡으려는 처절한 심정을 경험한 사람이 아니면 지푸라기가 얼마나 귀한 줄 모를 것이다. 길가에 흩어져서 오고 가는 사람들의 발길에 짓밟힐 정도로 보잘 것 없는 것이지만 그나마 붙들 것이 없고 의지할 곳이 없는 사람에게는 소중한 것이다.

인간이 정신적으로 받는 고통 중에 가장 문제가 되는 모든 것이 인간과 인간 사이에서 벌어지는 사연들이다. 우리들 마음속에 하루에도 몇 차례씩 일어나는 갖가지 감정은 마치 시장에 벌려 놓은 잡화상보다도 복잡하고, 또 우리가 즐겨 먹는 만두 속같이 오묘하기도 하다. 그것은 인간이기 때문에 가지고 있는 특성이기도 하다.

사람이 사람을 못 믿는 의심, 질투심, 남보다 잘났다고 생각하는 교만, 오만불손한 무례한 태도, 남이야 어찌되었든 자기만 잘 되고 잘 살면 된다는 이기심, 하찮은 일에도 성을 잘 내고 안하무인격인 사고 방식, 자기의 잘못도 남의 탓으로 돌리려는 무책임, 불의를 미워하기는커녕 박수를 보내려는 야릇한 마음, 용서를 모르고 복수심에만 불타는 마음 등은 인간 정신의 치부에 속한다.

하늘에서 내려치는 불벼락보다도, 바다에서 일어나는 심한 풍랑보다도 무서운 상황으로 변하게 하는 것도 이 치부에 속하는 요소의 감정 폭발 때문이다.

사랑은 다름 아닌 이런 잡다한 양상의 감정을 집어삼킨 대해의 침묵에다 비하고 싶다.

사랑의 침묵이 깨진 가정과 사회는 풍랑을 맞은 선박에 타고 있는 선객들인 것이다.

이런 난파선 위에서 허덕이는 선객이 지푸라기라도

붙잡고 싶은 것은 당연하리라.

잡화상 같고 만두속 같은 마음의 치부를 구석구석 진단하고 치유하지 않는다면 병은 깊어질 수밖에 없다.

우리가 살고 있는 집도 봄 가을 손질하고 돌봐야 한다. 손질하지 않은 고옥처럼 마음속도 하루 한 번이라도 돌아보지 않는다면 마음은 더 어두워지고 어떤 종류의 옳지 않은 감정에 사로잡혀 있게 되리라. 다행히도 우리의 마음의 치부는 하수도처럼 가려져 있어서 냄새도 안 나고 더러운 것이 보이지 않는다.

우리는 자기 자신을 볼 줄 아는 눈이 필요하다. "당신은 누구요" "나는 누구입니다" 하는 "나는 바로 누구요" 하고 묻는 당신이라고 생각할 때 조개 속같이 캄캄한 마음의 문이 열리게 된다.

헤겔은 "사랑은 일반적으로 나와 남이 합쳐서 하나가 되는 의식"이라 하였다. 사랑은 내가 아닌 당신이고, 또 나와 당신이 합친 일체감이라면, 내가 당신이라는 상대방을 혹은 제삼자를 위해서 하는 일이란 바로 나 자신의 일인 것이다.

그렇기 때문에 남을 위해서 봉사하고 희생한다는 그 정신의 차원도 달라져야 할 것이다.

아리스토텔레스는 "사랑은 가까운 곳에서 붙기 시작한 불이 멀리 번져 나가듯 우선 자기 친구에게서부터 적에 이르기까지 사랑이 붙어야 된다"고 하였다.

결국 사랑은 완성된 인격을 목표로 하고 있다. 그러나 완성된 인격은 혼자 이루어지는 것은 아니다. 완성된 인격을 위해서 달리는 열차 앞에는 온갖 장애물이 있게 마련이다. 끊어지지 않는 시련을 겪게 마련이다. 지푸라기라도 잡으려고 허위적거리는 모습이란 바로 인간 고해를 참고 이기려는 모습이다.

믿는 사람에게는 지푸라기보다 분명한 십자가가 있다. 십자가에 매달려 몸부림치는 모습이란 바람직한 일이 못된다. 그러나 사람이 그런 고역을 치르지 않으면 인간 완성의 행로는 더 멀다 할 수 있다.

밤이 긴 줄 아는 사람만이 밝아 오는 새벽을 기뻐하게 될 것이다.

(1980.)

## 양지와 그늘

어느 때나, 계절을 가릴 것 없이 양지란 따뜻하고 명
랑한 것이지만 봄이라야 양지는 그 맛을 제대로 지닐
수 있다. 양지를 감사하게 생각할 수 있는 것도 봄이
다.

태양의 손길이 가는 곳, 해가 비치는 곳을 양지라고
하면 여름은 태양의 열이 너무 지나쳐서 양지가 아니라
땡볕이. 가을엔 양지를 생각하기보다 어수선한 가을 바
람과 함께 달려오는 겨울에 대한 예감으로 그도 양지라
고 사랑할 바 못된다.

양지는 다만 봄이라야 맛이 도는데 양지에 못지 않
게 그늘도 봄 그늘은 그늘의 맛을 톡톡히 내고 있다.

양지는 밝다 못해 눈이 부시고, 따뜻하다 못해 진땀
이 흐를 정도로 더웁기까지 한데 비해서 그늘은 침침하
다 못해 어둡기까지 하고 음산하다 못해 춥기까지 한
것도 봄이 지닌 하나의 특징이다. 그것은 마치 애정을
모르고 자라난 아이들의 표정처럼 우울하고 시대를 잡
지 못한 영웅같이 침침하다.

부산의 봄은 풀 한 포기 제비 한 마리 볼 수 없는

먼지로 휘덮인 살풍경한 양지와 그늘이 두드러지게 느껴진다. 시각으로 오는 봄을 느끼기 전에 피부로 느끼는 봄을 맞게 된다. 오래 있으면 발까지 시려오는 사무실 유리창 너머로 봄은 무지개처럼 찬란히 번지고 있다.

봄이라는 계절이 가져오는 모든 즐거운 것, 메마른 땅이 부시시 벗겨지며 뻗어 오르는 생명력, 그것은 억세게 묶인 쇠사슬 같은 인생의 굴레 속에서 벗어나려는 자유로운 인간성과도 통하는 것이다.

그런 것을 대담 솔직하게 받아들일 수 없는 퇴색해 가는 나를 발견한다. 나는 마치 오래 비 맞을 못본 운동장 같은 무딘 감정의 소유자 같기도 하다.

산산히 부서지고 흩어지는 분수 모양으로 난만한 봄 속에서 오로지 화석처럼 굳어지는 자의식은 세월이 긋고 간 하나의 선물일까?

회고와 추억 속에 굳어져 가는 마음, 그것은 확실히 그늘에서 동면한 나의 지난 날이다. 언제까지 동면하고 있을 것인가? 자문자답해 보아도 별도리가 없다.

"쥐구멍에도 볕이 드는 날이 있다"고 한다. 세상은 돌고 돈다는 말과 한 뜻일 것이다. 그것은 인생의 그늘에서 사는 사람들에게 하나의 바람직한 '슬로건'이다. 그러나 그것은 자위에 가까운 말이기도 하다.

그늘에서 사는 사람들에게는 양지의 따뜻한 맛에도, 작열하는 듯 타오르는 태양의 열정에도 보다 민감하다.

봄에는 양지에서 사는 사람들과 그늘에서 사는 사람

들의 모습이 확연히 눈에 띄는 계절이다. 화려하고 싶은 사람은 마음대로 호사를 다할 수 있고 우울한 사람들은 더욱 그늘 속으로 스며들게 되는 것도 한낱 계절의 탓만은 아닐 성싶다.

희랍의 철인 디오게네스는 늘 통 속에서 살고 있었고, 이 소문을 들은 대왕 알렉산더는 디오게네스를 방문하고 무엇이든지 그대의 소원이라면 이루워 주겠노라고 말하였다. 그때 디오게네스가 대왕에게 대답한 말은 너무나 유명하다.

"내 소원이 있다면 그것은 내 앞에서 당신이 물러나 주시는 것입니다. 나의 태양을 막지 말아 주십시오."

디오게네스에게는 세상의 모든 영화보다도 오히려 자기의 태양이 귀했던 것이다. 그리고 허영과 사치를 일삼고 썩어가는 대왕측 사람들 앞에 통 속에서 사는 그의 생활이란 그대로 하나의 풍자요, 저항이었던 것이다.

그러니 예나 지금이나 나의 태양을 가리지 말아 주십시오 하는 심경은 같은 것이지만 '통' 같은 현대식 '하꼬방' 생활이란 아무런 풍자도, 저항의 자극도 되지 못할 것을 나는 잘 안다.

(1953.)

# 추석

가을철에 접어들면서 가까운 시골에서 오는 광주리 장사들이 많다. 대개 그들의 광주리에는 풋콩 깐 것, 밤아람 삶은 것, 동부니 풋고추니 참깨 등 하다 못해 버섯까지도 담겨 있다.

풋콩 같은 밥밑을 꼭 두어 먹는 식성인지라 떨어질 만 하면 단골 장사가 대어주었는데 어제 오늘은 낯모르는 아주머니 장사가 번갈아 드나든다.

어제는 엿기름 가루를 봉지에 담아 가지고 팔러 온 할머니도 있다. 알고 보니까, 추석이 임박해서 그렇다고 한다. 쌀 같은 중요한 양식은 빼놓고 돈이 될만한 물건으로 햇것을 광주리에 이고 와서 사람들의 가을 미각을 위하여 이바지한다.

명절은 그 어느 것이나 도회지보다도 농촌이 더 즐기는 것을 알 수 있다. 그것은 일년 내내 일만 하다가 하루를 즐길 수 있는 날이 있다는 것이 좋으며 또 명절이라야 쇠고기 한칼이라도 구경할 수 있기 때문이다.

또한 농촌은 좋은 미풍은 물론이지만 요즈음 와서 개량해야 되겠다는 점에 대해서도 옛것을 그대로 답습

하려는 고집이 있는 반면에 도회지에서는 옛것을 잊어 버리고 새것만을 따라 가려는 진취적이라 할까 하는 그런 현상이 있는 것같다. 그렇기 때문에 농촌에서 우리의 고유한 미풍을 잘 간직하는 장점이 있다면, 반면에 도회에서는 미풍이 잘 지켜지지 못하는 단점을 볼 수 있다. 명절을 생각하고 맞는 태도도 이에서 벗어나지 못하는 것 같다.

더욱이 옛날처럼 토지를 가진 지주는 도회지에 살고 농토를 소작하는 농민은 농촌에 있어서 가을이면 타작한 햇것이 오고가는 맛이 있다면, 도회와 농촌과의 관계가 또한 별다른 의미에서 깊을지 모르지만 요즈음 와서 이러한 이해관계도 심하지 않아서 그런지 피차 뜨악한 사이가 되어 있다.

사실 도회지 사람들이라야 한가위가 되어도 누런 벼이삭 구경 한번 못하고 지내기가 대부분이고, 오곡이 무르익은 가을 들바람 한번 제대로 쏘이지 못하는 생활이다.

기껏해서 가로수 잎이 누렇게 뜨고 여름철에 무성히 피어나던 나뭇잎들이 꺼칠해지고 바람맞은 여인의 머리칼처럼 어수선해진 것을 보면 가을이 왔구나 생각하는 것이다.

저녁이면 행상들이 끌고 다니는 과일목판에 고여 있는 과일을 보고 가을 열매가 지닌 색채에 새삼스럽게 황홀해지는 정도다.

이런 도회인들에게 추석이란 명절이 실감이 난다고

할 수 없을는지 모른다. 명절 역시 생활의 토대 위에서 설정되었고, 오늘에도 생활에서 우러나와야 절실한 느낌이 솟을 것이다.

농촌에서는 봄에 씨를 뿌렸고 여름내 김을 매고 가꾼 공을 가을에 거둬들이니 재미와 기쁨이 대단할 것이다. 추석이 명절 중에도 제일 큰 명절로 지켜지는 이유가 여기에 있다.

감, 밤, 대추 등 햇과일을 고여 놓고 차례도 지내고, 청명한 하루를 잡아서 조상과 고인의 산소를 돌아보는 것도 좋은 풍속이다.

우리 나라 뿐 아니라 서양사람들도 '땡쓰기빙데이'라고 해서 하루를 기념하고 있으며 성당이나 예배당에서도 추수감사주일을 특별히 베푼다.

서울은 다르겠지만 지방 교회에서는 감사헌금 대신 쌀이나 콩을 바친다.

우리 나라와 같이 농본지국에 있어서는 크리스마스보다는 추석을 제일 큰 명절답게 지키는 분위기를 조성하는 것도 필요할 줄 안다.

해마다 가을이 오면 달 밝은 추석 명절을 맞게 되고, 햅쌀, 햇곡을 먹게 되며 맛있는 과일을 맛보게 된다.

자연은 작년이나 금년이나 한결같은 선물을 인간에게 베푸는데 인간은 자연에게 무엇을 주려 하는 것인지 추석명절을 당해서 생각하게 하는 점이 한 두가지가 아니다. 인간은 좀더 감사할 줄 알고 겸손할 줄 알아야 할 것이다. (1955.)

# 강화 이야기

　강화도(江華島)는 서울에서 불과 1백여 리 떨어진 곳에 위치해 있다. 서울에서 버스로 1시간 반 정도 달리면 닿는데 거기서 다시 택시나 버스를 타고 12킬로미터를 달리면 전등사(傳燈寺)와 정수사(淨水寺)의 입구인 온수리(溫水里)에 이른다. 나는 바로 이 온수리에서 서쪽으로 1킬로미터 들어간 해랑당(海浪堂) 마을에서 태어났다.

　온수리에서 3킬로미터 거리에 있는 전등사는 우리나라 3본산의 하나로서 고구려 소수림왕 11년에 아도화상(阿道和尙)이 창건하여 처음에는 진종사(眞宗寺)라고 불렀다. 그 후 고려 충렬왕 때 정화공주(貞和公主)가 옥등(玉燈)을 희사한 뒤부터 전등사라고 개명했다. 그 전등사 바로 아래에 길상국민학교가 있는데, 나는 그 학교에 다니면서 전등사가 있는 정족산을 놀이터처럼 오르내리며 놀았다.

　전등사 석문(石門)을 들어서면 울창한 나무 사이로 절에 들어가는 길이 보인다. 대웅전(보물 제178호)과 약사전(보물 제179호)은 고려시대의 대표적인 건축 양식으로 지어진 것이라 한다. 미학적으로도 높이 평가되고 있는 그 건물의 추녀에는 부처님과 남편을 배신한 전설의 여인이 나상으로 속죄하면서 지붕을 떠받치고 있는 모습이 있다.

대웅전 앞의 대조루(對潮樓)엔 지금은 없어지고 터만 남아 있는 선원보각(璿源寶閣)과 장사각(藏史閣)의 현판이 있다. 선원보각은 왕실의 족보를, 장사각은 조선왕조실록을 보관하던 장소이다. 이 대조루 아래에는 병인양요 때 정족산성으로 쳐들어온 불란서군과 싸워 이긴 순무천총(巡憮千摠) 양헌수의 전승 기념비가 있다.

전등사에 팔만대장경 중 묘연화경(妙蓮華經) 7,104장이 보관되어 있는데 그것은 고려의 관민이 강화도에 머무르면서 몽고족과 항쟁을 계속하는 동안 만든 것이다.

이제는 강화도와 육지를 잇는 다리가 놓이고 아스팔트로 포장이 잘 되어 있어 관광객들이 많이 내왕하지만 절 경내는 소박한 아름다움을 잃지 않고 있으므로 아직도 신성한 느낌을 준다. 한때는 시인 고은 씨가 이 절의 주지로 있기도 했다.

나는 전등사에 가면 어린 시절이 떠오른다. 당시 전등사에는 구중이란 스님이 계셨는데 나와 동생들을 무척 귀여워해 주셨다. 그 스님의 바짝 야윈 모습이 지금도 선명하게 생각난다. 구중 스님은 마을에 내려오시면 꼭 우리집에 들러 지금은 돌아가신 할머니와 이런저런 이야기를 나누곤 하셨다.

절에 올라 조금 높은 곳에 가서 동쪽으로 내려다보면 맑은 날에는 바다가 내려다보이곤 했다. 지금도 절밖에 있는 여관에서 자고 아침 일찍 절에 올라 경내를 산책하면 이루 말할 수 없이 상쾌하고 편안하다. 얼음같이 차가운 약수를 마시고 노송의 향기를 맡노라면 나도 모르게 마음이 가득 차는 것이 느껴지는 것이다.

전등사에서 서쪽으로 6킬로미터쯤 가면 마니산(摩尼山) 동쪽 기슭에 있는 정수사(보물 제161호)가 나온다. 정수사는 신라 선덕여왕 때 지었다고 전해진다. 정수사 가까이에 있는 골짜기 함허동천(涵虛洞天)은 정수사에 와서 수도하던 원나라 도승 함허득통(涵虛得通)의 이름을 따서 지었다고 한다.

해발 467미터인 마니산 봉우리에는 단군신화의 발상지 참성단(塹星壇)인 211개의 단이 우뚝 솟아 있다. 전국체육대회 때마다 점화를 하는 이곳 역시 한번쯤 가볼 만하다. 특히 강화도는 임금섬이라고 불릴 정도로 왕족의 귀양이 잦은 곳이었고, 수도로 정해진 적도 있다. 유명한 철종도 이곳에서 자신의 신분을 모른 채 살다가 어느 날 갑자기 왕이 되었고, 고려 때는 가짜 왕이라고 쫓겨났던 신우(辛禑)가 귀양살이를 하던 곳이었으며, 폭군으로 이름이 높던 연산군도 쫓겨왔었다. 고려의 23대왕 고종은 몽고군에 쫓기다가 개성에서 강화도로 피난하여 19년을 지냈고 원종은 여기에서 즉위했다. 원종 11년인 1270년 5월에 환도할 때까지 39년 동안 강화도는 임시 도읍지였다.

골육상쟁의 제물이 되는 운명을 피하려고 왕족이 한 낱 나무꾼이 되어 살다가 갑자기 부름을 받고 왕위에 오른 강화도령이 살던 곳에 지금은 철종 잠저지(潛邸 址)의 비가 서 있다.

강화의 옛 성터는 이제 그 흔적조차 희미하지만 병 자호란 때 순절한 선원 김상용(仙源 金尙容) 선생의 장 렬한 기개는 지금도 남아 있는 듯하다. 그분이 살던 마 을은 선생의 호를 따라 선원면이라 부르고 있으며, 그 곳에 선생과 함께 순절한 20명을 모신 충렬사가 있다. 강화는 고전장(古戰場)이자 겨레 수난의 집약지이기도 한 것이다.

강화대교가 생기기 전에는 인천과 강화 사이를 발동 선을 타고 다녔다. 온수리에서 동쪽으로 십 리를 나오 면 초지(草芝)라는 나루터가 나온다. 인천으로 가는 선 객들은 이 초지에서 강화읍 갑곶(甲串), 속칭 갑구지 나루에서 내려올 배를 기다리곤 했다. 이 배를 기다릴 때 눈이 아프도록 바라보는 곳이 바로 손돌(孫乭)목 쪽 이다.

이 손돌목에는 가슴 아픈 이야기가 전해 내려온다.

병자호란 때였다. 우의정 김상용이 태자를 피난시키 기 위해 갑곶에서 초지로 내려오고 있었다. 약 1킬로미 터 정도 되는 지점에 이르렀을 때 산이 앞을 턱 가로막 자 김상용은 뱃사공 손돌이 태자를 죽이려고 음모를 꾸 미는 줄 알고 당장 그의 목을 베어 버렸다.

그러자 뱃사공 손돌은 죽어가면서도 바가지를 물에

띄워 바가지만 따라가면 된다는 말을 남겼다. 과연 손돌의 말대로 바가지를 따라 배를 젓자 바닷목이 훤히 틔어 왔다.

우의정 김상용은 손돌의 시신을 바닷가에서 장사지내 주고 그때부터 그곳을 손돌목이라고 부르기 시작했다. 그래서 그런지 음력 10월 20일께면 이상하게 춥고 바람이 부는데, 강화 사람들은 이를 손돌추위, 손돌바람이라고 한다.

이 손돌목에 하얀 발동선이 나타나면 배를 기다리던 사람들은 땅에 내려놓았던 짐을 들고 일어나 객선에 몸을 싣는다. 객선이 노를 저어 발동선으로 다가가면 속력을 늦추고 기다리던 발동선과 맞닿는다. 그러면 객선에 탄 사람들은 발동선으로 옮겨 타고 인천으로 가는 것이다. 지금은 사라진 아스라한 풍경이다.

신미양요(辛未洋擾) 때 첫번째 외함(外艦)을 막았던 강화수로의 가장 중요한 요지인 초지진 포대, 이곳에서 섬의 북쪽까지 오십 리에 걸쳐 16척 높이로 쌓아올린 강화 외성 터, 미군의 육전대와 용감히 싸우다 전사한 어재연(魚在淵) 장군의 수절비가 있는 광성진 포대의 옛터 등은 더듬어 볼만한 가치가 있는 곳들이다.

훗날 그 전쟁에 참전했던 미국인 그리피드는 그때의 처절했던 싸움을 이렇게 기록했다고 한다.

"창검이 없는 군사들은 맨주먹으로 흙과 돌을 던지며 끝까지 싸웠다. 그러다가 더러는 살상당하기도 하고 더러는 물에 빠져 죽기도 했다."

광성진 전투를 치른 미군은 약소국인 한국을 경솔하게 다룰 수 없다는 사실을 깨달았고, 대원군은 강화도의 방비를 더욱 굳혔으며 '양이침범 비전즉화 주화매국(洋夷侵犯 非戰則和 主和賣國)'이라는 척화비를 세워 척양정책을 강화했다.

옛날에 임금께 진상했던 음식이라 하여 지금도 강화에는 과일, 무, 생선 등에 명칭이 따라다닌다. 강화 감은 씨가 없으면서도 단맛으로 유명하다. 이 감은 임금에게 진상했다 하여 더욱 유명해졌고, 둥그런 숫무김치도 같은 이유로 유명하다. 토질 때문인지 다른 지방에서는 보기 힘든 이 무도 강화에 가면 언제든지 볼 수 있다.

내 고향 강화, 그곳엔 깊고 넓은 전설적인 이야기가 고요히 숨쉬고 있다. 그 전설의 향기가 그리운 사람은 강화땅을 밟으라고 권하고 싶다.

(1990.)

# 악수

나는 가끔 악수에 대해서 생각해 본다. 내 손이 다른 사람 손에 잡히고 다른 사람 손이 내 손에 잡히는 이러한 접촉에 대해서 생각해 본다.

악수란 하나의 인사하는 양식에 지나지 않는다. 그런데 나처럼 악수라는 양식을 많이 이용하는 사람도 없다고 생각해 본다.

아침에 집에서 나오는 길에서부터 우선 아는 사람을 만나면 대부분 손을 내민다. 어느 때 서로 아는 사이에 손을 내놓지 않으면 "손 한번 만집시다"하고 악수를 청하는 사람도 있다. 손을 만지면서 악수하는 양식이 서로 껴안고 포옹하는 인사 형식이 아닌 것을 다행히 생각한다. 가령 서양처럼 손과 손을 잡는 악수같이 서로 껴안고 포옹하는 인사 방법이 생활화되었다면 어떻게 되었을까.

우선 그 복잡한 거추장스런 수속에 질색할 것이다. 인사하는 방법에 대해서 뜯어 고쳐야 할 점이라고 국민운동이 일어날지도 모를 일이다. 그러나 악수만은 소리 없이 우리들의 생활에 스며들어서 우리들의 그것처럼 혼하게 쓰이고 있다. 남자들이 와이셔츠에 넥타이를 매는 것처럼 남자가 여자의 손을 잡고 여자가 남자의 손을 잡고 대로상에서 악수를 해도 누구 한 사람 이상한 눈초리로 홀기는 사람이 없다.

악수는 완전히 우리의 생활의 일부분이 되어 있다. 그러나 여자가 남자와 대로상에서 악수를 교환하게 된 현실이란 여성들의 위치를 대변하는 일도 된다. 여성이 규방에서 나들이를 할 때는 남자들을 내외해서 쓰개치마를 쓰고 눈 아웅 내놓고 다니던 시대를 벗어나 남자와 마주 서서 악수를 태연자약하게 할 수 있다는 것은 확실히 여성사 변천과도 같은 것이다.

악수를 하나의 구미식 인사하는 방법이라고 하지만 내가 보기에는 악수 속에는 과거부터 내려오던 남존여비의 사상이 차츰차츰 없어지고 남녀 평등의 시대가 왔다는 표시라고 볼 수 있다.

어떤 괴팍한 사람은 악수가 비위생적이라고 해서 마지 못해 남이 내놓은 손을 잡았다가 꺼림칙해서 돌아가서 손을 씻는다고 하지만 아무리 위생가들이라 해도 악수만은 해야 하는 것으로 되어 있다.

어떤 연구가가 다방이나 음식점에서 내주는 타월의 보균상황을 조사해 보니까 자그마치 균이 오천 마리였다는 말을 들었는데 악수가 가져오는 피해에 대해서는 이렇다 하는 말을 들어보지 못하였다.

지금 같아서는 악수라는 인사법은 좀처럼 달라지지 않을 것 같다. 인사하는 방법에 있어서 우리 나라 사람은 마주 바라보면서 큰절을 하고, 중국사람들은 자기의 손과 손을 잡고, 남양의 어느 곳에서는 코와 코를 맞댄다는 둥 각국의 인사법이 다르지만, 이제 와서는 자기 나라의 고유한 인사법은 차츰 그 자취가 희미해가고 국제적으로 통용되는 악수를 인사하는 가장 좋은 방법으로 쓰고 있는 듯하다.

악수는 빈부의 차도 없고 금력과 권력의 차도 없다. 대통령도 일개 평범한 시민하고 서슴지 않고 악수를 하지만 아무도 잘못되었다고 말하는 사람은 없다. 일국의 왕후라 하더라도 가난한 주부의 손을 잡을 수 있는 것이 악수다.

악수는 과거 중세기 시대에 투구를 입은 기사들이 인사하기가 거추장스러워서 손을 잡는 방법을 쓴 데서부터 시작했다고 한다. 동양의 그 우아한 절에 비해서 지극히 야만적인 방법이라고 하는 사람도 있겠지만 하나의 양식이 오랜 세월이 흐르는 동안 없어지지 않고 새롭게 쓰여진다는 것은 몇몇 괴팍한 성미의 소유자를 빼놓고는 누구든지 불만이 없는 인사방법이다.

생활양식이나 예의범절에 있어서도 마찬가지로 우리가 항상 우리 나라의 고유한 풍습이라고 해서 덮어놓고 싸고 돌지만 실생활과 거리가 먼 생활양식과 예의범절이라는 것은 역사라든지 고고학자에게 맡겨 버리고, 우리는 편리하고 살기 좋은 생활양식을 위해서 악수를 계속할 일이다.

(1955.)

# 믿음

　나는 어려서부터 기독교 가정에서 자랐기 때문에 나의 인생관(人生觀)이란 기독교의 교리(敎理)를 기초로 해서 이루어졌다고 할 수 있다.

　기독교적인 인생관이란 나보다도 남, 신을 위한 생활이다. 아침 자리에서 일어날 때, 밤에 잠자리에 눕기 전에 베갯머리에 꿇어 엎드려 묵상하는 시간, 나의 일거일동은 신과의 끊임없는 대화 속에서 진행되는 생활이라 할 것이다.

　이것은 나의 소녀 시절의 생활이었다. 9년이란 세월을 주기도문을 외고 십계명(十誡命)과 자기의 소행을 비추어 보고 사제 앞에 고백하는 시간을 가졌는데 이런 생활은 내가 선택했다기보다 아버지의 뜻이었다.

　이런 생활 분위기에 젖은 나에게는 기독교적 이론인 성경구절보다 더 나에게 영향력을 미치는 다른 어떤 글귀가 없었다.

　나는 요즈음도 아침마다 회의가 있을 때 사장실에 들어가면 전 C사장이 칠판에다 적어 놓은 낱말 '수양(修養)— 혀를 깨무는 것'이라는 백묵으로 메모해 놓은 글을 읽게 된다. 나는 늘 감명 깊게 생각하고 이 글을 쓴 주인공의 심정을 더듬어 보고 나를 돌아보는 버릇이 생겼다.

나에게는 해바라기가 태양을 향해서 피듯이 좋은 일, 옳은 일이라면 무조건 흡수되어 거기에 몰입(沒入)해 가는 나를 발견하곤 한다. 이와 마찬가지로 좋은 말이라면 그 당장 필요한 음식처럼 입맛이 당겨지는 것 또한 어쩔 수 없는 나의 한 성격이 되었다.

나는 좌우명을 가지고 있지 않다. 이유는 나에게 지금까지도 압력을 가하는 기독교적 교리만 해도 충분하기 때문이다. 또 하나는 내 생활이란 남이 살던 생활을 되풀이하는 것이 아니고 내가 내 생활을 창조해 내는 생활이기 때문이다. 창조의 생활은 모두 즐거운 희열이 따르게 되지만 자기 의사대로 이뤄가는 생활의 창조야말로 즐거운 일이기 때문이다.

그렇기 때문에 다른 어떠한 위대한 사람이 자기의 신조로 만들어 놓은 말도 내게는 타산(他山)의 석(石)이 되지 않는다.

나는 다만 나라는 존재가 남에게 마이너스를 주지 않고 옳고 바른 말이 한 구석에서라도 통한다는 즐거움을 가지고 산다. 내가 옳다고 주장한 그것이 이 사회에서 받아들여질 때 나는 희망을 느낄 수밖에 없다.

나는 죄를 짓는다는 일을 대단히 두려워한다.

나는 양심이 나에게 반격을 했을 때 나라는 기계는 고장이 난다. 나는 활동력을 잃는다. 이런 사고방식도 결국은 기독교 사상에 젖은 데서 나오는 생각이라 하겠다.

그것은 기적같이 나에게 힘을 줄 때도 있다. 도덕과 법률이 나를 얽어매려고 할 때도, 그런 처지에 있어도, 내가 무슨 죄를 졌기에 이런 일을 당하느냐는 마음의 부르짖음은 반드시 나를 해방시켜 주고 있다.

소크라테스는 "너 자신을 알라"고 했지만 나는 "자신을 믿어라" 하고도 싶은 결론이 나오게 된다. 사람에게는 사상이 얼마나 중요한 것인가를 살면서 더욱 느끼게 되는데 그것은 철학이라 해도 좋다. 철학 없이 소신(所信)도 믿음도 생겨나지 않을 것이니까.

일생 동안 나를 지배하는 끈덕진 기독교적인 사상도 중요하지만 학문과 상식의 뒷받침도 큰 힘이 되어 준 것은 부정할 수 없는 사실이라고 할 것이다.

좌우명이란 한 마디 두 마디가 일생을 좌우하는 인생관이라든지 세계관을 구축할 수는 없어도 인간 구축의 거울 같은 역할이 될 수는 있다. 인간을 구축하는 데 가장 중요한 것은 한두 마디의 좌우명보다도 철학적인 사상이라 하겠다.

인생을 살아가는데 도덕가(道德家)연 하는 사람들이 가장 불행한 사람이라 생각한다. 자기 자신을 속박한다는 일이 얼마나 괴로운 일이며, 인생에다 분칠만 하는 위선자가 되기도 쉽기 때문이다.

그래도 나에게 좌우명이 있다면, 하루라도 마음에서 글씨를 쓰는 일이 있다면 "참자, 참아" 하는 지극히 단

순하나 그러나 내 생활에서는 없어서는 안될 그 말이다
   때로는 말을 안하고 왜 가만히 있느냐, 그 속을 알
수 없다고도 한다. 그때 나는 **말보다도** '참자'라는 말을
속에서 하지 않을 수 없다. 왜냐하면 그 순간 나는 그
사람들과 헤어져야 하는 것이다. 그날로 모든 것은 곧
장 끝나야 하기 때문이다.

(1979.)

# 목물

재래 우리 나라 가옥 구조에는 목욕간이 없다. 요즘
에 와서 새로 개량한 주택에서 우선 목욕간을 마련하려
들고, 예전부터 살던 집이라도 새로 목욕간을 들여서
있는 것이지, 처음부터 우리 나라 가옥에서는 완전히
생략되어 있었다.

가을이나 겨울 같은, 계절이 시원하고 추운 때는 목
욕을 자주 안하고 살 수도 있겠지만, 여름만큼은 땀이
흐르면 몸에서 쉰내가 나고 그 위에 더워서 견딜 수 없
으니까 몸을 씻지 않을 수 없다.

그래서 겨우 생각해 낸 것이 목물인 모양이다. 완전
한 목욕간이 없더라도 뒤란 같은 데서 쉽게 씻을 수 있
고 또 씻다가 남자들이 보더라도 크게 흉될 것이 없는
간편한 목욕법이다. 아랫도리는 입은 채 적삼만 벗어버
리고 등에 물을 끼얹는 일이다. 목 근처를 씻는다고 해
서 목물이라고 한 듯하다.

도회지에서는 목욕탕이 있고, 집집마다 목욕간을 차
려 놓았으니까 목물을 모르고 또 이미 잊어버렸을는지
모르지만 지금도 농촌이나 목욕탕이 없는 가옥에 사는

여성들은 목물을 즐길 수밖에 없다. 진종일 뜨거운 땡볕에서 김을 매고 난 후라도 저녁 때 집에 돌아와서 목물을 한 번 끼얹었으면 하루의 피로를 잊어버릴 정도로 상쾌한 것이기도 하다.

사람의 생활도 버릇들이기에 달렸다고 처음부터 넓디넓은 터에 집을 크게 짓고 목욕간을 차려 놓았으면 목물의 필요성을 느낄 일이 없었을 것이다.

활활 입었던 옷을 벗고 어깨 위에서부터 찬물을 내려 끼얹었으면 그만이다. 이런 시원한 것을 즐기는 버릇이 채 들기 전에 목물 정도로써 여름의 더위를 씻으려 드는 것이다.

나는 여름이 되면 바다를 그리워하고 금년에는 어떻게 하든지 바다 근처에 가서 한 며칠 지내다 와야 되겠다고 벼르다가 그냥 여름을 보내게 된다.

재작년에도 그랬고, 작년에도 그랬다. 요즈음도 시원한 바닷가의 생활을 연상하다가 하루가 지나곤 한다.

더욱이 무더운 날씨가 계속되고 비가 오다 말다 하는 저기압 속에서는 더욱 바다에서 누렸던 즐거움을 회상하는 것이다.

그러나 많은 내 친구들이 모두 더위와 땀 속에서 견디어 내는데 나만이 바다의 혜택을 입을 수는 없다는 듯이 한 자리를 물매미처럼 뺑뺑 돌고 있다.

큰 일에 대해서는 과민한 불평을 가지려는 반면 작은 생활 속에서 재미를 찾는 내 생활 태도에 있어서 저녁때 집에 돌아가서 목물이라도 하고 조용한 시간을 보내는 일을 낙으로 삼고 있다.

여름철에 처음부터 바닷가의 생활을 마련하지 못할 바에야 동적인 생활보다 정적인 생활이 견딜만하기 때문이다.

따라서 목물을 즐기는 것을 낙으로 삼는다는 것으로 보아 내 생활이 농촌에서 하루종일 밭에서 김을 매다 집으로 들어오는 여성들과 다를 것이 없는 것도 이야기 할 수 있다. 생활양식에 따라서 그 사람의 생활 정도를 헤아릴 수 있기 때문이다.

목물이라는 원시적인 방법의 피서법조차 마음 턱 놓고 즐길 수 있는 자유가 허용되지 않는 국한된 처소다. 이런 곳에서 견디는 나에게 목물만이라도 시원히 자유롭게 즐기게 해달라는 소원이 있다면 이것도 호사로운 생각이라고 할 수 있을는지?

그리고 바닷가 근처에 사는 내 친구들의 바다에의 향연을 위한 초대가 있기를 기다리는 마음이 있다면 이도 지나친 생각이라고 할는지, 나는 이렇게 해서 더운 여름을 견디는 것이다.

(1955.)

# 손수건의 미덕

나는 손수건을 자주 잃어버린다. 핸드백이나 포켓 구석구석을 뒤져도 눈에 보이지 않는 경우에는 손수건은 이미 내게서 떠난 것을 각오해야 한다.

따라서 나는 어느 자리에서 손수건을 썼던가를 생각해야 한다. 어느 다방에서 친구하고 이야기 하다가, 어느 미장원에서 머리를 빗다가, 혹은 사무실에서 일을 하다가 놓고 나왔는가 하고 생각을 더듬는다. 손수건은 그 자체가 지극히 보잘 것 없는 헝겊조각이라고 생각할 수도 있다.

감이라야 한 마가 드는 것도 아니요, 그렇다고 값진 비단으로 만드는 것도 아니다. 비교적 싼 감으로 만든 작은 물건이다.

이렇게 작고 대단한 것이 아니지만, 손수건에도 맵시는 있다.

아름다운 여인의 핸드백 속에서 끌려 나오는 손수건의 자태란 그 여인이 숨겨논 인품(人品)의 면모를 다 찾은 듯해서 즐겁기까지 하다.

또한 남자들의 포켓 속에서 끄집어내어지는 손수건

에 역시 눈이 끌리는 것은, 손가락에 낀 번쩍거리는 금반지보다도 돋보이기 때문이다.

나는 누구든지 손수건같이 대수롭지 않은 물건이나 항상 몸에 딸려 다니는 것에 대해 등한히 취급하지 않는 점을 좋아한다. 손수건 하나를 잘 선택해서 사용하는 성의가 있다면 보다 커다란 문제를 취급하는 태도와 성의도 짐작할 수 있기 때문이다.

손수건은 그가 받은 대우보다도 그 공이 얼마나 큰가를 생각한다면 손수건을 소홀히 취급하고 싶지는 않을 줄 안다.

첫째, 손수건은 가장 점잖은 신사 숙녀들이 생명같이 소중히 여기는 체면을 지켜준다.

지나치게 딱딱한 정식 연회석상 같은 분위기 속에서, 내노라고 뻐기는 것을 위주로 하는 마당에서, 만일 손수건이 없었더라면 얼마나 큰 봉변을 당할 것인가를 생각할 수 있다.

성장(盛裝)한 예복을 입고 뜨거운 국을 먹을 때 콧물이 흐르지 말라는 법이 없다.

흘러 내려오는 콧물을 훌쩍 들이마시자니 더러운 것은 열째로, 우선 소리가 요란할 것이요, 소매부리로 슬쩍 문질러버릴 수도 없는 일, 치맛자락으로 훔칠 수도 없는 일, 어물어물 손등으로 닦을 수도 없는 난처한 지경에 이르렀을 때 만일 손수건이 없었더라면 어떻게 되었겠는가를 생각할 수 있다.

둘째, 손수건은 온종일 얼굴에 날아와 붙는 철매와

먼지와 그밖에 땀을 닦아준다.

만일 손수건이 없었더라면 얼굴에 지르르 흐르는 기름과 그 기름 위에 사정없이 쌓이는 먼지와 철매 같은 오물이 그대로 얼굴에 붙어서 신사와 숙녀를 곤란하게 만들 것이다. 이 점만 해도 손수건의 소임은 족히 찬양할 만하다.

셋째, 손수건은 슬퍼 눈물짓는 여인의 눈물을 받아주는 도구가 될 수도 있다. 아무도 위로해 주지 않는 고독(孤獨)한 여인의 가장 가까운 자리에서 눈물을 받아주며 위로해 주는 것은 손수건뿐이다. 곱게 단장한 여인의 얼굴에서 눈물이 비오듯 앞을 가릴 때 손수건이 씻어주지 않으면 우는 얼굴의 아름다움이 가시기 쉽다.

두 눈에 샘같이 괴는 눈물을 마치 해면이나 압지처럼 흡수해 주는 것도 손수건이다.

손수건은 모든 슬픈 사람의 눈물을 걷기 위해서만 태어났는가 싶다. 손수건이라도 의지해야 할 슬픈 사람들을 위해서… 또한 손수건은 무슨 이별의 깃발처럼 부둣가에서, 정거장 플랫홈에서 서로 떨어지기를 싫어하는 사람들 손에 휘날리고 있다.

이런 경우에 손수건은 천 마디 말보다도 이별하는 사람의 심정을 대변해 주고 있다.

어떻게 하다가 손수건은 사람들의 어려운 경우에만 앞서서 치다꺼리를 하게 되었을까?

작아서 가련하지만, 너무나 벅찬 일을 해치우는 기특한 존재라고 칭찬 아니 할 수 없다.

그런데 손수건의 미덕(美德)이란 이렇게 공이 크면서도 언제나 공치사를 하지 않는 일이다. 따라서 공이 크면서도 늘 겸손하게 숨어만 있으려고 하는 점이다.

손수건의 공으로 말한다면 족히 저고리 옷고름에 달려 있어도 시원치 않으련만 늘 지저분한 핸드백 속이 아니면 더욱 침침한 포켓 속에만 들어가 있는 일이다.

만일 사람이 손수건만큼 남의 더러운 것을 닦아주고 씻어주었다면 얼마나 공치사를 늘어놓을 것인가를 생각할 수 있다.

그러고 보니까 손수건같이 남의 치다꺼리만 일생 동안 해주는 사람이나, 작은 일이지만 성심성의껏 남의 일을 보아주는 사람들은 아무 말 없이 죽은 듯이 살아가지만, 남의 일을 제대로 보아 주지도 못하는 사람들이 말만 앞세우는 것을 볼 수 있다.

우연히 남의 일을 조금 거들어 주었다고 그것을 밑천 삼아 세상일을 자기가 다하는 듯 공치사로 일을 삼고 사는 사람들을 볼 수 있다. 아마 사람들은 이런 종류의 인간을 가리켜서 '손수건만도 못한 것'하고 무시해 버릴까 봐 염려스럽지 않을 수 없다.

나는 내가 길들인 소지품을 상당히 소중히 여기는 성미이긴 하지만, 손수건만은 지극히 건사하기가 힘든다. 손수건을 새로 장만했을 때 기쁨도 크지만 잃어버렸을 때 아쉬움은 더욱 크다. 어떤 때 나는 내 손수건이 어느 곳에 떨어져서 이 사람 발길에 채이고, 저 사람 발길에 채일 것을 상상하게 되면 그것은 마치 내 자신이 당하는 것처럼 가슴 아프다.

때가 꾀죄죄 묻은 손수건을 어느 자리이고 낯선 곳에 떨어뜨리고 왔을 때는 온종일 일에 시달린 내 꼴을 드러내 놓는 듯해서 기분이 좋지 않다.

그래서 나는 손수건도 다른 의복처럼 늘 깨끗이 빨고 다려서 쓴다.

나는 구겨진 손수건을 반반하게 다리면서 감사하게 생각한다. 노상 나의 체면을 지켜주고, 늘 나를 더러운 곳과 슬픔에서 구원해 주려고 애쓴 손수건의 공을 잊을 수 없어서다. 오다가다 길가에서 손수건을 잃어버렸다는 것을 깨달았을 때, 내 가슴이 서운함으로 가득 차는 것도 이 때문이다.

내가 무기 잃은 병사처럼 힘을 잃고 당황하게 되는 것도 손수건이 얼마나 나에게 큰 힘이었던가를 새롭게 깨우쳐 주는 것이기도 하다.

(1980.)

# 구두

나는 양품점의 쇼윈도우 옆을 스쳐 지날 때마다 먼저 구두의 모양을 더듬는다. 외국 '스타일 북'에서 흔히 볼 수 있는 하이힐은 아예 생각지 않는다.

굽이 낮은 워킹슈즈를 찾는다. 내가 생각했던 구두가 눈에 띄면 나는 사이즈가 내 발아치가 되는가 궁리해 본다. 머릿속으로 궁리하다가 나는 나도 모르는 사이에 양품점의 두터운 문을 밀치고 안으로 들어서면서,

"저기 저 쇼윈도우의 힐이 낮은 구두 문수가 몇칩니까?" 하고 일단 물어 본다. 물건을 파는 점원이나 주인은 상냥한 말솜씨로,

"오문 반입니다." 할라치면, 나는

"그 구두를 좀 보여 주십시오." 하고 한번 신어보고야 만다.

"맞기는 맞습니다만 다음에 오겠어요." 하고 다시 나는 나의 주머니 속을 생각하면서 상점 문을 열고 나와 버린다.

구두를 좋아하는 나는 이러한 일이 한달에 몇 번이고 있게 된다.

어떤 사람은 향수를 찾고 어떤 사람은 멋진 네카치프를 찾는 등 저마다 저 좋은 것을, 생활따라 다르게 찾겠지만 나는 발에 꼭 맞는 구두가 내 생활에 절실하게 생각되기 때문에, 제일 좋아하게 된 모양이다. 제일 좋다는 것은 제일 필요하다는 말도 된다. 사람에게도 여러 가지 타입이 있듯이 구두도 가지각색이다. 사람도 조물주가 왜 저런 타입을 만들었을까 싶은 것을 느끼게 하는 것처럼 지극히 실용적인 것이 있는가 하면 해사한 교태를 자랑하는 것도 볼 수 있다.

구두는 그 신는 사람의 교양과 취미까지도 드러내고 있다. 얼굴을 보지 않고 구두만 보고도 대개 어느 부류의 사람인가를 짐작할 수 있다.

나는 나에게 맞는 구두를 늘 찾고 있다. 나에게 어울리는 동시에 신으면 신었는지 안 신었는지 모를 정도로 거뜬한 편안하고 능률적인 구두를 찾고 있다.

집에서는 식구들이 새구두는 좋아하고 아끼면서 비교적 구두를 심하게 신는다고 말한다.

나는 그때마다 빙그레 웃을 수밖에 없다. 구두는 될 수 있는 대로 해뜨려야 되느니라 하는 구두의 생명을, 구두의 철학을 알기 때문이다.

어느 해인가 봄이었다. 새 구두에 다친 발뒤꿈치가 채 아물지도 않아서 병상에 누운 채 영 일년이 지나도록 못 일어나던 때가 있었다.

또 다시 나는 구두가 뚫어지도록 바라다보면서 신지 못하던 때를 생각한다.

늘 신고 다니던 구두에 먼지가 뽀얗게 앉도록 신지 못하는 것은 어제까지도 무성하던 화초에 찬 서리가 내린 느낌이었다.

다시 뽀얗게 앉은 먼지를 탁탁 털어 신고 바깥 구경을 하게 될 때 기분은 무더운 여름날 소나기 맞은 기분일까? 당해본 사람 아니곤 모를 일이다.

그리고 보니까 구두에게도 무슨 생명이 있는 물건같이 느껴진다.

구두를 한 켤레 두 켤레 해뜨리는 것은 삼백예순 날이 한 날 두 날, 한 달 두 달, 그리고 한 해 두 해 가 버리게 하는 일이 된다.

해진 나의 구두들은 나의 생애의 기록이기도 하다. 말못할 비밀의 기록이 숨겨 있기도 하다. 내가 어렸을 때 신어 해뜨린 구두는 나의 그 시대의 일을 샅샅이 알고 있으리라! 그리고 나의 다른 해진 구두들은, 지난 날의 나의 행장을 자기만이 안다고 부르짖을 것 같다.

오늘도 나의 구두는 다른 모든 사람의 구두처럼 나를 끌고 이곳 저곳으로 다닌다. 다방으로 끌고 가서 친구를 만나게도 해주고 극장에 끌고 가서 영화 구경도 시켜주고, 일거리를 위해서 돌아다니게 하는가 하면 달음박질을 시켜 주기도 한다. 옛부터 발길이 내키지 않는다는 말이 있다. 아무리 내 마음에서 하고 싶은 일이 있다 하더라도 발길이 내키지 않으면 그만이다. 나의 마음은 하늘의 별을 딸 생각을 하고 있어도 내 발길이 내키지 않으면 실현성이 없는 이야기다.

나는 구두를 애끼는 마음에 마른 데만 골라 디딘다
고 애를 써도 뜻하지 않은 진흙구덩이를 헛밟는 수가
있다. 마른 데를 조심조심 골라 디디려는 마음과는 반
대로 진 데를 디디고 마는 것 같은 인생을 안다.

　구두는 이처럼 마른 데 평탄한 데 험한 데 진 데를
마구 밟고 넘어간다. 구두의 역사는 인생의 역사이기도
하다.

　나의 흰 손이 슬프다고 한 시인이 있듯이 나의 낡은
구두가 더욱 슬프게 느껴지는 친구는 없는지 있는지.

(1955.)

# 옛날 여자, 오늘 여자

가끔씩 옛 여인들의 어려움을 생각해 보곤 한다. 먼 옛날까지 거슬러 올라가지 않더라도 어머니를 떠올리면 나는 가슴이 뭉클해진다. 잠을 자다가 어렴풋이 눈을 뜨면 어머니는 등잔불 밑에서 언제나처럼 한결같은 모습으로 바느질을 하고 계셨다. 밤에도 낮과 같이 일을 하셔야 했던 것이다. 식구들의 옷을 마름질하는 것부터 바느질하는 것까지, 아니 입은 옷을 빠는 것까지 몽땅 어머니 차지였다.

일이 어디 그것뿐인가. 의식주 어느 것 하나 어머니의 손길이 닿지 않는 것이 없었다. 요즘 말로 완벽한 수퍼우먼이었던 것이다.

그분들의 노동량은 정말 엄청난 것이었다. 그 많은 일을 추스려 나가는 힘도 대단했지만, 정확하고 정교하고 깨끗한 솜씨 역시 오늘날의 여인들에 비할 바가 아니었다. 그들이 지은 진솔옷의 맵시며, 헌옷을 빨아서 밟고 다듬어 지은 옷에 깃들어 있는 정성은 오늘을 사는 우리가 잊을 수 없는 우리들의 역사이기도 하다.

이런 어머니들의 부지런한 성격과 깔끔한 솜씨는 그

딸들에게로 계속 이어져 우리의 잠재력이 되어 있으리라는 생각을 해본다.

그렇다면 우리는 책임감 있고 부지런하고 철저한 봉사정신을 발휘해 봄직하다. 우리 나라 여자들의 자존심은 바로 그러한 정신에서 비롯된 것이다. 어머니들의 끈질긴 인내력을 본받은 딸들은 또한 불굴의 정신력을 갖고 있다. 나는 어떤 때 몹시 지치고 힘들어하는 나를 발견할 때가 있다. 하지만 그와 동시에 끝내 쓰러지지 않고 다시 뛰어가는 나 자신을 보는 것이다. 때로는 자신을 너무 혹사시키는 것이 아닌가 생각되어 잠시 일손을 놓고 쉬기도 한다.

누구에게나 그렇겠지만 삶이란 결코 만만한 것이 아니다. 종종 사는 일이 너무 고달파서 꿈 속의 나는 죽어라고 뛰는데 한 발자국도 앞으로 나아가지 못해서 식은땀을 흘리며 애를 태우는 것처럼, 고생은 도대체 끝날 것 같지 않다. 남들은 다들 편안하고 안락하게 사는데 나만 힘겹고 어렵게, 억지로 사는 듯한 느낌이 들 때가 있다. 누구나 자기 혼자만 힘들게 산다고 생각한다. 사람은 본래 그런 모양이다.

그러나 고생을 고생이라고 생각하면 삶은 그 순간 바로 지옥이 된다. 해결 방법이 없다. 고생에 짓눌려 버리기 때문이다. 고생의 원인을 분석하고 그것에서 헤쳐 나올 궁리를 해야 한다. 고생을 다스릴 방법을 찾아야 한다는 말이다.

그렇게 하려면 언제나 열린 마음으로 사물을 보는

눈을 가지고 있어야 한다. 세상의 사물을 이해하고 사랑하는 따뜻한 시선을 가지지 않으면 세상은 나에게 문을 열어 주지 않는다. 내 연배의 사람들은 자신의 몸 자체가 하나의 역사를 이루고 있다 해도 과언이 아닐 것이다.

그러나 이렇게 말하는 나 역시 항상 후회하며 산다. 왜 좀더 공부하지 않았을까? 왜 시간을 좀더 아껴 쓰지 못했을까? 하지만 지금이라도 늦지 않았다고 생각하고 최선을 다하자고 마음먹는다. 이것이 나의 생활 신조이다. 내가 못나고 바보스러운 것은 어쩔 수 없지 않겠는가. 내가 모자라서 남의 눈에 시원치 않게 보이는 건 용서받을 수 있을 것 같다. 다만 우리 어머니들이 살아오신 길, 조상들이 하신 말씀 하나하나가 내가 지켜야 할 도리라고 여기면 될 것 같다.

우리 어머니들이 사시던 봉건 시절은 여자들을 교육하는데 인색한 절대적인 남성 중심의 사회라 어머니들의 활동 영역이 집안으로 엄격히 국한되었다. 여자의 목소리가 담 밖을 넘는 것을 수치로 여길 만큼 여자들은 남자들에게 지배를 받고 살았던 것이다. 사정이 이러하니 여자들의 관심 영역 또한 울타리 밖을 넘을 줄 모르는 것이 당연한 일이었다. 여자들은 사회니 국가니 하는 존재를 거의 인식하지 않고 살아왔다. 그 사회나 국가에 집안의 기둥인 남편이나 아들의 운명이 걸려 있다면 얘기가 달랐겠지만 말이다.

물론 모두가 그렇게 살지는 않았을 테지만 대개가

그랬을 것이다. 국가나 지역사회와 관련된 큰일은 으레 남자들이 하고, 육아나 살림은 여자가 하는 것이 상식이었으니 말이다. 하지만 지금은 그렇지 않다. 국가나 사회의 안위를 걱정하는데 남녀가 다르다고 생각하는 사람은 하나도 없는 세상이 됐으니 말이다. 그 말은 곧 여성의 역할이 옛날과 달라졌다는 것을 의미한다.

여자들도 남자들과 똑같이 교육을 받고 국가 사회의 일에 관심을 가지며, 자기 생활을 적극적으로 꾸려 가는 세상이 되었다. 우리의 어머니들이 몸이 부서질 정도로 최선을 다해 자기 일을 해냈듯이 오늘의 여성들은 그에 못지 않은 능력과 노력으로 주어진 기회를 활용하여 살기 좋은 세상, 아름다운 세상을 만드는 데 적극 동참해야겠다.

(1994.)

# ▪ 조경희(趙敬姬) 연보

1918년  4월 6일 경기도 강화에서 부친 趙光元과 모친
       尹義和의 장녀로 출생.

1939년  이화여전 문과 졸업. 조선일보 학예부 기자로
       직장생활을 시작.

1941년  매일신문 문화부 기자.

1946년  서울신문 사회부 기자.

1947년  중앙신문 사회문화부 기자

1951년  부산일보 문화부장.

1952년  희망사 문화부장.

1953년  잡지 여성계 주간.

1955년  수필집 『우화』(중앙문화사) 출간.

1956년  평화신문 문화부장. 동경에서 열린 국제펜클럽
       대회에 한국대표로 참석, 방화문화사절단으로 자
       유중국 시찰.

1957년  제28회 일본국제펜대회 참석차 동경 방문.

1958년  세계일보 부녀부장.

1959년  서독 프랑크프르트에서 열린 국제펜클럽대회 참
       석하고 유럽 일주 여행.

1960년  국제펜클럽 한국본부 중앙위원. 서울경제신문
       문화부장.

1962년  미국무성 초청으로 미국 문화계 시찰, 귀국길에
세계일주 여행. 새나라신문 편집국장. 문화공보
부 영화심의위원. 미스코리아심사위원.

1963년  여행기 『가깝고 먼 세계』(신태양사) 출간.

1964년  한국일보 기획위원, 부녀부장.

1965년  여기자클럽 회장, 한국문인협회 수필분과위원장,
한국수필가협회장, 공보부 위촉 영화위원.

1966년  수필집 『음치의 자장가』(중앙문화사) 출간, 5.16민
족상 이사 겸 사회부분 심사위원. 뉴욕에서 열린
국제펜클럽대회 참석. 남미 일주여행.

1967년  한국방송윤리위원회 위원. 일본에서 열린 아시
아영화제 심사위원.

1968년  여류문학인회 부회장. 아시아영화제 심사위원으
로 필리핀 방문.

1969년  프랑스 망 뚱에서 열린 국제펜클럽대회 한국대
표로 참석 유럽일주.

1971년  한국수필가협회 창립 초대회장. 아일랜드에서
열린 국제펜클럽 대회 한국대표로 참석.

1972년  한국일보사 주간한국 부장. 한국예술문화단체총
연합회 부회장.

1973년  한국문인협회 기획실장. 예총 부회장.

1974년  한국일보 논설위원.

1975년  예총 부회장 재선. 자유중국정부 초청으로 방대.
계간 「한국수필」 발행인, 한국문학상(한국문인협회)
수상.

1976년  한국공연윤리위원회 위원. 런던에서 국제펜클럽

대회에 한국대표로 참석.

1977년  수필집 『얼굴』(중앙문화사) 출간.

1978년  한국일보 소년한국 부국장. 여류문학인회 회장.
수필집 『면역의 원리』(일원서원) 출간.

1979년  한국문인협회 부이사장. 브라질의 리오데자네이
로에서 열린 국제펜클럽대회에 한국대표로 참석.
서울시 문화상 심사위원(문학부분).

1980년  한국일보사 정년퇴임. 「현대문학」 「월간문학」 수
필추천 위원.

1981년  한국문인협회 부이사장 재선. 평화통일 자문위원
위촉됨. 한국문인협회 이사장 권한대행.

1982년  수필집 『골목은 아침에 나보다 늦게 깬다』, 영
문수필집 『Three Essayists from Korea』(모모출
판사) 출간. 예총 부회장 재임. 서울올림픽조직위
원회 문화홍보분과위원. 한국일보 신춘문예 수필
부분 심사위원. 서울시문화상(문학부문) 수상.

1984년  올림픽조직위원회 조직위원. 한국문화예술총연
합회 회장. 유네스코한국위원회 문화분과위원장,
일본 동경에서 열린 국제펜클럽대회에 한국대표
로 참석.

1985년  문예진흥후원협의회 부회장, 예술의전당 이사,
공연윤리위원회 위원.

1987년  한국예술문화단체총연합회 회장. 대한민국문화
예술상 수상.

1988년  제2정무장관. 수필집 『웃음이 어울리는 시대』
(해문출판사) 출간.

1989년  예술의전당 이사장.

        여성개발원 이사장. 서울예술단 이사장.

1990년  청조근정훈장 수여(대통령).

1991년  서울예술단 이사장, 교육정책심의위 심의위원. 동덕여중고 동창회장. 한국청소년복지진흥회 총재. 서초문화원 원장.

1992년  불란서문화훈장 수여, 바로셀로나에서 열린 국제펜클럽대회에 한국대표로 참석.

1993년  춘강상(문화예술부문) 수상.

1994년  수필집 『낙엽의 침묵』(제3기획) 출간, 서울여자대학 명예문학박사 학위 수여, 체코 프라하에서 열린 국제펜클럽대회에 한국대표로 참석.

1995년  한국여성개발원 이사장, 일붕문학상 수상.

1996년  은관문화훈장 받음.

1997년  대한민국예술원 회원, 이화여대동창문인회 회장, 청주대학교 명예문학박사 학위 받음.

1999년  수필선집 『치자꽃』(선우미디어) 출간.

저자와의
협약으로
인지생략

조경희 수필선
# 치자꽃

1판 1쇄 인쇄/1999년 6월 28일
1판 1쇄 발행/1999년 7월 1일

지은이/조경희
펴낸이/이선우
펴낸곳/도서출판 선우미디어

등록/1997. 8. 7 제2-2416호
100-193 서울 중구 을지로3가 104-10
신성빌딩403 ☎ 2272-3351, 3352 팩스: 2275-9493

Printed in Korea ⓒ 1999 조경희

값/4,000원

잘못된 책은 바꿔 드립니다

ISBN 89-87771-25-304810
ISBN 89-87771-09-1 (세트)